KAPITEL 1

„Beruhigen Sie sich! Ruhe bitte!“ Die Schauspiellehrerin Ms Darbus versuchte verzweifelt, ihre Schüler zur Ordnung zu rufen. Alle Schüler, die mit auf die Abschlussfahrt fuhren – dieses Jahr ging es nach New York! –, hatten sich versammelt, und sie konnte sich kaum Gehör verschaffen. „Ruhe, Ruhe bitte!“

Aber das Geplapper ging weiter – bis schließlich Mr Bolton vortrat und einen ohrenbetäubenden Pfiff ausstieß.

Augenblicklich herrschte Stille.

„Schon besser", sagte er. „Also. Natürlich seid ihr alle aufgeregt wegen der Reise, aber lasst mich eins klarstellen: Ms Darbus und ich sind eure Aufsicht auf dieser Fahrt. Das heißt, wir sind für eure Sicherheit verantwortlich. Das heißt: Wenn Ms Darbus oder ich um Ruhe bitten, dann habt ihr dem Folge zu leisten. Klar?"

Alle nickten brav.

„Sehr gut. Ms Darbus – bitte."

„Danke, Mr Bolton. Wir gehen in der Tat gemeinsam auf eine große Reise, ein Abenteuer, das niemand von Ihnen je vergessen wird, das auf ewig in unseren Köpfen weiterleben wird ..."

Chad Danforth grinste seinen Kumpel Troy Bolton amüsiert an und gab leise Schnarchgeräusche von sich.

„Aber das ist noch nicht alles! Ich habe aufregende Neuigkeiten für Sie!", überging Ms Darbus die Störung demonstrativ. „Sie kennen sicher alle *Das letzte Läuten*?"

Die meisten Schüler sahen sie verständnislos an. Nur Ryan Evans' Hand schoss in die Höhe.

„Ja natürlich“, rief er. „Das ist eins der erfolgreichsten Broadway-Musicals der letzten Jahre!“

„Oh, wie konnte mir das nur entgehen?“, fragte Chad mit gespielter Bestürzung.

„Es spielt an einer Highschool, so ähnlich wie hier“, fuhr Ryan fort. „Ich kenne alle Songs auswendig!“ Ein abwesender Ausdruck trat in seine Augen, und verträumt fügte er hinzu: „Manchmal stelle ich mir vor, dass ich selbst in so einer Broadway-Show auftrete. Ich hätte das Talent dazu ...“

„Vielleicht ist Ihre Chance jetzt gekommen“, nahm Ms Darbus seinen Gedanken auf.

Das wiederum weckte Sharpay Evans' Aufmerksamkeit. Ihr Kopf wirbelte herum. „Was?“

Ms Darbus nickte. „Sie haben richtig gehört. Die Produzenten der Show veranstalten ein überregionales Vorsprechen für Jugendliche. Sie wollen die Vorführung als Werbeaktion einen Abend lang komplett mit echten Schülern besetzen!“

Sharpay stockte der Atem. „Das ist es!“, sagte sie zu ihrem Bruder. „Unser Schicksal, unsere

Bestimmung, unsere Zukunft!“ Nach einer Pause seufzte sie: „Endlich!“

„Nun ja ...“ Ms Darbus hob warnend die Hand. „An dem Vorsprechen werden Hunderte von Schülern teilnehmen. Die Konkurrenz wird entsprechend hart sein!“ Sie lächelte Ryan und Sharpay zu. „Obwohl ich davon ausgehe, dass die Schüler der East High zu den talentiertesten und bestausgebildeten des Landes gehören!“

Sharpay strahlte sie an, denn sie wusste, wen Ms Darbus mit „Schüler der East High“ meinte: sie, Sharpay Evans, die beste Schauspielerin der ganzen Schule.

Na ja, und Ryan natürlich.

Aufgeregt meldete sie sich. „Ms Darbus, was sollen wir denn für die Produzenten vorbereiten? Einen Monolog oder tanzen oder singen – oder alles drei? Und was ist mit den Kostümen? Ich weiß, dass wir je nur einen Koffer mitnehmen dürfen, aber diejenigen, die der East High Ruhm und Glanz einbringen werden, erhalten doch sicher eine Sondergenehmigung für

Zusatzgepäck, oder? Oh, und was ist mit Porträtfotos und Make-up und ...“

„Irgendjemand sollte bei diesen Produzenten anrufen und sie vorwarnen“, murmelte Chad seinen Freunden Troy, Zeke und Jason zu. „Vielleicht können die dann schon mal den Fluchtweg planen.“

„Gründliche Vorbereitung ist das Kennzeichen wahrer Professionalität“, fauchte Sharpay. „Nicht, dass ich von dir irgendwelche Professionalität erwarten würde!“

„Da tust du ihm Unrecht“, sagte Zeke.

Chad grinste. „Danke, Kumpel.“

„Chad ist ein Vollprofi, was das Thema Essen angeht“, fuhr Zeke fort. „In fünf Minuten schafft er fünf Hamburger!“ Chad versetzte ihm einen Knuff, Zeke lachte, und Ms Darbus verdrehte die Augen. Wenn sie doch nur immer so eifrige Talente wie Ryan und Sharpay unterrichten könnte und nicht diese ... Basketballer!

Mr Bolton war schon oft genug mit Ms Darbus aneinandergeraten, um die Warnzeichen einer

Genervtheitsattacke zu erkennen. „Okay, genug jetzt“, sagte er hastig. „Zu den Spielregeln: Wir treffen uns morgen früh um sechs Uhr am Flughafen. Jeder bringt nur einen Koffer mit – einen, Sharpay, ist mir egal, wie viele Kostüme du hast –, und jeder muss sich während unseres Aufenthalts täglich zweimal bei mir melden. Der Direktor erinnert daran, dass ...“ Der Trainer warf einen Blick auf den Zettel, den er in der Hand hielt, „...dass diese Reise euch bilden soll, weshalb ihr euch vor allem historisch und kulturell bedeutsame Sehenswürdigkeiten anschauen sollt. Alles klar?“

Alle nickten ernst, aber die Augen glänzten doch vor Aufregung. Sie flogen nach New York, zusammen mit ihren besten Freunden – was könnte besser sein?

Es klingelte, und alle stürzten auf den Gang hinaus.

„Das wird der Hammer“, sagte Troy zu Gabriella. „Sag mal, was willst du als Erstes in New York machen?“

„Ich muss doch am Nachmittag mit Taylor ins Fernsehstudio“, erinnerte sie ihn.

Er sah enttäuscht aus. „Oh. Stimmt. Die College-Quizshow. Hatte ich vergessen.“

„Ich kann's immer noch nicht glauben, dass ihr es ins Finale geschafft habt“, sagte Chad.

„Na ja, wir hatten eben keine ebenbürtigen Gegner“, fügte Taylor hinzu. „Gabriella und ich haben das zweitplatzierte Team mit 50 Punkten Vorsprung vom Platz gefegt.“

„Ihr seid wirklich der Wahnsinn“, sagte Zeke. „Echte Superhirne. Ich werde euch bestimmt ansprechen, wenn es an die Abschlüsse geht.“

Chad schüttelte in gespielter Trauer den Kopf. „Nur zu schade, dass ihr die ganze Zeit lernen müsst, wenn ihr in New York seid. Und Sharpay und Ryan müssen ständig proben. Mann, ich bin echt froh, dass ich auf dieser Reise nichts anderes machen muss außer Spaß haben!“

„Ehrlich“, pflichtete Jason ihm bei. Er blätterte in dem Reiseführer, den er schon seit Wochen mit sich herumschleppte. „Was sollen wir uns zuerst ansehen, die Freiheitsstatue oder das Metropolitan Museum of Art?“

Chad sah ihn an, als sei ihm ein zweiter Kopf gewachsen. „Alter, das ist doch keine Frage! Das Allererste, was wir sehen müssen, ist Madison Square Garden!“

Die anderen nickten. Sie alle wollten das Stadion besichtigen, in dem die New York Knicks Basketball spielten.

Dann sagte Zeke: „Und was ist mit Little Italy?“

„Zuerst Madison Square Garden“, beharrte Chad. „Warum? Was gibt’s denn in Little Italy?“

Zeke strahlte. „Nur zwei Worte: köstliches Gebäck.“

„Okay, das ist natürlich ein Argument“, gab Chad zu. „Aber zuerst kommt Basketball. Dann die Kekse.“

„Cannoli“, korrigierte ihn Zeke. „Und nicht zu vergessen: Tiramisu!“

„Wie sieht’s mit dem Zoo in der Bronx aus? Das ist einer der besten Tiergärten der Welt!“

Jasons Nase steckte wieder tief in seinem Reiseführer. „Wann machen wir das?“

„Nach Madison Square Garden“, entschied Chad. „Erst Basketball, dann das Gebäck und die Bronx.“

„Okay, aber in meinem Buch steht auch noch, dass man den Central Park einfach gesehen haben muss“, fuhr Jason fort. „Dahin müssen wir also auch ...“

Während die drei mit Taylor den Gang hinuntergingen, sahen Troy und Gabriella sich an und lachten.

„Das wird wohl der Inbegriff einer hektischen Städtereise“, sagte Troy.

Wehmütig gab sie ihm recht. „Ich hoffe nur, ich kann wenigstens ein bisschen was mit euch unternehmen“, sagte sie.

„Du bist doch nur ein paar Stunden am Montag bei der Quizshow“, tröstete er sie. „Danach hast du Zeit für ... keine Ahnung; einen Spaziergang durch Greenwich Village oder im Central Park mit Brezeln vielleicht?“

Gabriella lächelte. Mit Troy zusammen zu sein war immer schön, und dann auch noch in New York ... das würde alles übertreffen.

Doch wieder einmal hatte die Pflicht Vorrang. „Wenn wir am Montag die erste Runde gewinnen ..."

„Was natürlich der Fall sein wird", sagte Troy überzeugt.

„... dann müssen wir am Dienstag wieder hin. Und wenn wir am Dienstag gewinnen ..."

„Verstehe. Das Finale ist am Mittwoch. Und dann fliegen wir alle schon wieder nach Hause." Er zögerte und gab dann zu: „Ich weiß, dass diese Quizshow eine große Sache ist, aber ich fände es trotzdem schöner, wenn wir mehr Zeit füreinander hätten."

„Vielleicht kommen Taylor und ich gar nicht über die erste Runde hinaus", meinte Gabriella halb hoffnungsfroh. „Dann hätten wir ganz viel Zeit, um uns alles anzusehen ..."

„Hey, so darfst du aber nicht denken!", rief Troy. „Ihr seid doch unschlagbar!"

„Das steht zu hoffen. Der Hauptgewinn ist ein College-Stipendium für jedes Teammitglied. Das wäre eine riesige Hilfe für meine Mum!"

„Du hast super Gewinnchancen", versicherte er ihr. „Und mach dir keine Gedanken wegen uns. New York ist schließlich die Stadt, die niemals schläft, oder? Wir werden also wohl auch nach der Quizshow noch Zeit haben, uns zu amüsieren!"

KAPITEL 2

Die Wildcats waren in New York!

Nachdem sie im Hotel eingecheckt hatten, trafen sie sich unten in der Eingangshalle wieder. Mr Bolton zählte seine Schüler durch, während Ms Darbus im Infomaterial blätterte.

„Hier sind Stadtpläne für Sie“, sagte sie und händigte jedem Schüler ein Exemplar aus. „Und ein Tagesticket, mit dem Sie die U-Bahn oder den Bus nehmen können. Vergessen Sie Ihre Schirme nicht, es ist Regen angesagt. Ach, und dieser Artikel hier beschreibt einen Spaziergang zu allen wichtigen Theatern der Stadt bis hin zum Times Square! Diese Tour lege ich Ihnen allen dringend ans Herz."

Chad warf einen Blick auf den Zeitungsartikel und murmelte: „Als ob ich mir eine Kostümausstellung antun würde!"

Troy musste lachen, und Ms Darbus funkelte die Jungen böse an. „Ich selbst werde natürlich mit Sharpay und Ryan den ganzen Tag im Palace Theater sein, wo das Vorsprechen für *Das letzte Läuten* stattfindet", erklärte sie mit einer ausladenden Geste. „Zweifellos eine unsterbliche Erfahrung für uns! Aber Sie alle werden sicher etwas ähnlich ... Interessantes zu tun finden."

Mr Bolton musste unwillkürlich lächeln. Er wusste, dass Ms Darbus rein gar nichts – sei es nun ein weltberühmtes Kunstmuseum oder die Freiheitsstatue – aufregender fand als die Bühnenwelt. Und erst die *Broadway*-Bühnen!

„Dann also los!" Mr Bolton klatschte in die Hände, als Ms Darbus mit Sharpay und Ryan verschwand. „Erst sagt mir jeder, was er heute vorhat, und dann überprüfen wir, ob alle Handys funktionieren, falls wir euch erreichen müssen, alles klar?“

„Alles klar!“, bekam er im Chor zur Antwort. Sie konnten es alle kaum erwarten, welche neuen Abenteuer die Metropole für sie bereithielt!

Sharpay blieb mitten auf der Straße stehen und starrte die große Leuchtreklame vor sich an: PALACE THEATER. Die kreischenden Bremsmanöver und wütenden Hupkonzerte um sie herum entgingen ihr völlig.

„Sieh dir das an, Ryan“, murmelte sie verträumt. „Wir sind tatsächlich am Broadway!“

„Ähhm ... ich glaube nicht, dass wir je dort ankommen, wenn du jetzt nicht von der Straße runterkommst“, rief er und wich einem knapp an seinem Ellbogen vorbeisausenden Wagen aus. „Na, komm schon!“

Er packte seine Schwester am Arm und zog sie auf den Bürgersteig hinüber. Dort studierte Ms

Darbus bereits die Hinweise, die an alle hoffnungsvollen jungen Musical-Talente verschickt worden waren, die an diesem Tag für *Das letzte Läuten* vorsprachen.

„Wir sollen durch den Bühneneingang gehen", las sie. „Das ist hier gleich um die Ecke."

Die beiden folgten ihr zu einer unauffälligen grauen Tür und warteten, während Ms Darbus anklopfte.

Ein kräftiger Mann mit schütterem schwarzem Haar öffnete. „Was ist?", knurrte er.

„Hi!" Sharpay schenkte ihm ihr süßestes Lächeln. „Wir kommen zum Vorsprechen."

„Ja, hatte ich mir schon gedacht", erwiderte er unbeeindruckt und rief nach hinten: „He, Tim! Hier sind noch zwei. Sieh zu, ob du ein Plätzchen für sie finden kannst." Er wandte sich wieder an die Neuankömmlinge. „Kommt rein, und dass ihr ja nichts anfasst!" Sie nickten und folgten ihm durch einen langen, schäbigen Flur.

„Klingt, als wären sehr viele zum Vorsprechen gekommen", flüsterte Ryan Ms Darbus zu.

„Keine Sorge, Ryan!“ Ms Darbus machte eine wegwerfende Handbewegung. „Sie und Sharpay sind ohne Zweifel die größten Talente, die das Schauspielfach an der East High seit Jahren hervorgebracht hat!“

„Das stimmt!“, pflichtete ihr Sharpay mit zufriedenem Lächeln bei. Als der Bühnen-Manager sie durch eine weitere Tür schob, sagte sie: „Wir sollten das nicht so ernst nehmen hier, das bisschen ...“

Alle drei hielten erschrocken an, als sie den Saal betraten.

„... Konkurrenz“, beendete Sharpay ihren Satz tonlos.

Ryan musste nach Luft schnappen. Hunderte von Teenagern waren da im Zuschauerraum versammelt.

„Aaalsooo ...“ Er wollte eigentlich irgendetwas sagen, aber seine Stimmbänder versagten den Dienst.

„Schön tief durchatmen“, ermahnte ihn Ms Darbus. „Vergessen Sie nicht, dass Sie bei der

Talentshow im Countryclub den ersten Preis gewonnen haben."

Ryan erinnerte sich und nickte erfreut. „Das stimmt, hab ich."

„Und Sie werden seit vier Jahren von mir unterrichtet", fuhr die Lehrerin fort.

Ein Lächeln erhellte seine Miene. „Das stimmt, werde ich."

„Außerdem ..."

„Ja, ja, Ryan ist umwerfend, aber was ist mit *mir*?", unterbrach Sharpay das Gespräch.

Ms Darbus sah ihr in die Augen und betete herunter: „*Sie* haben bei 17 Stücken an der East High mitgewirkt, die Hauptrollen im Herbst- und Frühjahrsmusical übernommen und jede freie Minute mit zusätzlichem Schauspiel-, Stepptanz-, Ballett-, Gesangs-, Sprech- und Mimikunterricht verbracht."

Das wirkte. Sharpay warf sich in Positur, bekam wieder Farbe im Gesicht und besah sich die vielen Konkurrentinnen mit wiedergewonnenem Selbstbewusstsein.

„Sie haben ganz recht, Ms Darbus", meinte sie. „All meine Arbeit hat mich jetzt endlich hierhergeführt, und ich werde nicht versagen!"

„So ist es richtig", lobte Ms Darbus sie. „Dann suchen wir uns mal einen Platz."

* * *

Ein paar Minuten später saßen sie in der dritten Stuhlreihe eingezwängt. Sharpay saß neben einem gleichaltrigen Mädchen mit langen roten Haaren, großen blauen Augen und einer absolut selbstsicheren Ausstrahlung. Ihre Sitznachbarin schätzte Sharpay mit einem Blick ab und gönnte ihr dann ein Lächeln.

Ein auffallend strahlendes Lächeln, das musste Sharpay einräumen.

„Hallo", begrüßte sie das Mädchen. „Wie geht's denn so? Ich heiße Anneclaire Littlefield und komme aus South Carolina."

„Sharpay Evans aus Albuquerque. Das hier ist mein Bruder Ryan, und das ist unsere Schauspiellehrerin Ms Darbus." Sie machte eine

Handbewegung zu den beiden anderen und bemerkte dann die Mappe, die Anneclaire in der Hand hielt. Vorn prangte in fetten Buchstaben LEBENSLAUF, FOTO, ZEITUNGSARTIKEL, PREISE. Der Ordner war einige Zentimeter dick.

„Nett, dich kennenzulernen.“ Anneclaire bemerkte Sharpays Blick und lachte geziert. „Ich dachte, dass es die Produzenten vielleicht interessiert, was ich bisher gemacht habe. Ich meine, ich bin sicher, all die anderen hier ...“, ihr Blick schweifte herablassend durch den Saal, „sind toll für die Nebenrollen, aber für die Hauptrolle braucht man doch eine mit entsprechender Erfahrung. Zum Glück bin ich an meiner Highschool schon in 20 Stücken aufgetreten, hatte davon siebenmal die Hauptrolle und hab dreimal hintereinander den Preis für die begabteste Darstellerin gewonnen ...“

„20 Stücke? Und sieben Hauptrollen?“ Sharpay konnte es kaum fassen. War es möglich, dass dieses Mädchen tatsächlich bessere Bewerbungschancen hatte als sie selbst?

„Allerdings!“ Anneclaire zog etliche Zeitungsartikel hervor. Die Überschriften lauteten: ANNECLAIRE STIEHLT ALLEN DIE SCHAU, WIEDER OVATIONEN FÜR ANNECLAIRE und ANNECLAIRE – BROADWAYSTAR VON MORGEN.

Sharpay hätte sich ohrfeigen können. Warum hatte sie ihre eigenen Artikel nur zu Hause liegen lassen? Sie sah das triumphierende Glitzern in Anneclaires Augen, und der alte Kampfgeist erwachte in ihr.

„Sieht aus, als hättest du viel Schauspielerfahrung“, bemerkte sie. „*Mein* Schwerpunkt liegt ja beim Musical. Das sollte sich hier als Vorteil erweisen, da wir immerhin für ein Musical vorsingen.“

„Du solltest meine Aufführungsliste genauer lesen“, erwiderte Anneclaire mit unerschütterlicher Liebenswürdigkeit. „Drei meiner Hauptrollen hatte ich in Musicals. Und das letzte habe ich auch selbst choreografiert.“

„Aber, aber ...“, stammelte Ryan, „*ich* bin Choreograf!“

Anneclaire lächelte ihn freundlich an. „Und du bist bestimmt ein wahnsinnig süßer Tänzer. Toll, damit schaffst du es vielleicht bis in die Chorus Line."

Ryan blieb vor Staunen der Mund offen stehen. Diese Anneclaire erinnerte ihn an irgendjemanden. Aus zusammengekniffenen Augen beobachtete er sie misstrauisch und überlegte, an wen nur ...

Dann trat ein schwer gebauter Mann im blauen Anzug nach vorn auf die Bühne und rieb sich unternehmungslustig die Hände. Ein hagerer Mann mit grauen Haaren und schlechter Körperhaltung folgte ihm.

„Guten Tag", begrüßte sie der Erste. „Ich heiße Herbert P. Smith und bin der Regisseur von *Das letzte Läuten*." Er deutete auf den anderen und fuhr fort: „Und das hier ist Albert Lackley, unser Produzent. Danke und herzlich willkommen Ihnen allen, die sich für unser Vorsprechen auf den Weg zum Broadway gemacht haben. Wir sind stolz auf dieses neue Werbeangebot und die

Möglichkeit, neue und unentdeckte Talente zu fördern. Wir können ja leider nur wenige von Ihnen in unserem Stück besetzen, aber das Vorsprechen an sich sollte auch eine gute und lehrreiche Erfahrung für Sie werden."

Verstohlene Blicke huschten durch den Saal. Wer von ihnen würde wohl das Rennen machen?

Mr Smith erklärte weiter, dass sie in drei Phasen vorsprechen würden. Zunächst sollte jeder einen Song eigener Wahl vortragen. Wenn man sie zur zweiten Runde bat, sollten sie alle dieselbe Tanznummer vorführen. Und wenn sie es bis zur dritten Runde schafften, dann würde man ihnen eine kurze dramatische Szene zum Vorspielen geben.

„Kinderleicht", verkündete Anneclaire.

„Ja", stimmte Sharpay ihr bissig zu. „Ich freue mich schon drauf. Besonders, da ich letztes Jahr mit diesem Song meiner Wahl die Talentshow gewonnen habe."

Aber als Sharpay dann aufgerufen wurde, spürte sie auf dem Weg zur Bühne eine ganz ungewohnte Regung – Nervosität. Der Lichtkegel des Scheinwerfers, der sich nun auf sie richtete, war ihr sonst immer warm und freundlich erschienen, nun aber kam er ihr streng und unerbittlich vor.

„Also, ich heiße Sharpay Evans“, begann sie und erschrak selbst darüber, wie dünn ihre Stimme klang.

„Etwas lauter bitte“, rief Mr Smith. „Auf einer Broadway-Bühne muss deine Stimme schon ein wenig besser tragen.“

Ihr wollte man etwas über tragende Stimmen erzählen? In Sharpay regte sich eine Empörung, die sehr gut für ihre Nerven war. Unversehens stellte sie sich aufrecht in Positur, hob trotzig das Kinn und erklärte laut und deutlich: „Mein Name ist Sharpay Evans, und ich singe für Sie ‚Love will lift me‘.“ Aus dem Augenwinkel konnte sie Ryan sehen, der aufmunternd den Daumen in die Höhe hielt. Dann setzte die Musik ein, und Sharpay begann mit ihrer Nummer. Schon nach wenigen Takten hatte sie ihre Umgebung vergessen. Ganz natürlich bewegte sie sich zu dem Lied, das sie mit ganzer Seele vortrug. Und zum Abschluss brachte sie ein dermaßen hingebungsvolles und langes hohes C, dass alle im Raum spontan Applaus spendeten.

Selbstgefällig grinste sie den Regisseur und Produzenten an. Wenn das nicht gut genug für jede Broadway-Bühne gewesen war ...

Ihre Zufriedenheit dauerte noch drei weitere Kandidaten an, zu denen auch Ryan gehörte. „War doch okay, oder?“, fragte er Sharpay danach.

„Ja sicher“, erwiderte sie geistesabwesend. Denn jetzt betrat niemand anders als Anneclaire die Bühne.

Sharpay beäugte ihre Konkurrentin kritisch, als diese sich im Rampenlicht aufbaute, als sei das ihr unstrittiger Platz. Reichlich anmaßend, fand Sharpay.

Anneclaire gab dem Pianisten das Zeichen und begann zu singen. Sharpay wurde etwas flau im Magen. Anneclaire war nicht nur gut, sie war *fantastisch*.

Sie trug einen fröhlichen Popsong vor, der ihrer Stimme fast drei Oktaven abverlangte und einen äußerst kompliziert synkopierten Mittelteil enthielt. Und dann hatte Anneclaire auch noch ein paar passende Tanzschritte zu ihrer Nummer choreografiert. Als sie fertig war, brach der ganze Saal in regelrechten Jubel aus. Es wurde heftig geklatscht und vereinzelt sogar laut gejohlt.

Sharpay wurde weiß wie die Wand – was glücklicherweise ein hilfsbereiter Bühnenarbeiter bemerkte und sie zu einem Hocker hinter der Bühne führte.

„O nein“, jammerte Sharpay, „das glaub ich einfach nicht.“

„Was glauben Sie nicht?“

Als Sharpay unglücklich aufsah, stand vor ihr Ms Darbus und stemmte mit unverkennbarer Strenge die Hände in die Hüften. Ryan sah ihnen aus einiger Entfernung nervös zu.

„Ich dachte, ich hätte die Hauptrolle bereits in der Tasche“, jammerte Sharpay. „Aber diese andere, die ist …“ Sharpay zögerte. Eine Konkurrentin zu loben fiel ihr nun einmal schwer.

„… gar nicht schlecht“, beendete sie ihren Satz. Tränen traten ihr in die Augen. „Genau wie in diesem schrecklichen Wintermusical, als Gabriella sich *meine* Hauptrolle erschlichen hat. Das ist einfach *unfair!*“

„Sharpay!“, zischte Ms Darbus und hörte sich dabei gar nicht mehr so wohlwollend an. „Sie sind nicht nur eine begabte Darstellerin, sondern auch *mein* Schützling! Sie müssen nichts weiter tun, als hier von meiner hervorragenden Ausbildung zu profitieren! Kriegen Sie das hin oder nicht?“

Die letzten Worte blaffte Ms Darbus ihr unwirsch entgegen, und Sharpay nickte überrascht. „Ja“, flüsterte sie, „das kriege ich hin.“ Sie wechselte einen verunsicherten Blick mit Ryan. Beide hatten Ms Darbus noch nie so erlebt.

„Na schön“, sagte Ms Darbus. „Und nun reißen Sie sich zusammen und glauben ebenso an sich, wie ich an Sie glaube.“

Auf Sharpays Miene zeigte sich ein zögerndes Lächeln. Der Anpfiff hatte gewirkt! Sharpay glaubte wieder, dass sie alles erreichen konnte – selbst jemandem wie Anneclaire Littlefield die Hauptrolle abtrotzen.

KAPITEL 3

Mittlerweile hatten Troy, Gabriella, Chad, Zeke, Jason und Taylor beschlossen, sich ein wenig zu amüsieren.

Dafür waren sie mit ihren Reiseführern extra nach Greenwich Village aufgebrochen. Aber Gabriella und Taylor ließen sich nicht davon abbringen, sich ständig gegenseitig für ihre College-Quizshow abzufragen.

„Der Urvater der Mathematik ist …?“, fragte Gabriella.

„Archimedes“, antwortete Taylor wie aus der Pistole geschossen.

„Korrekt!“ Die beiden tauschten ein High Five.

„Und der englische Schriftsteller, den sein soziales Gewissen und seine anrührenden verarmten Helden im viktorianischen England berühmt gemacht haben?“, fragte Taylor zurück.

„Charles Dickens.“

„Stimmt genau“, lobte sie Taylor.

Chad seufzte genervt. „Ich will ja kein Spielverderber sein, aber wir sind in New York!“, erinnerte er sie. „Dem coolsten Ort im Land, wenn nicht auf der ganzen Welt.“

Taylor sah ihn kühl an. „Und weiter?“

Chad verdrehte in gespielter Verzweiflung die Augen. „Hört auf zu lernen und seht euch um!“ Er gestikulierte zu einer Pizzeria, die sichtlich schon etliche Jahrzehnte hinter sich hatte. „Das sieht doch nach dem richtigen Ambiente für unsere Mittagspause aus.“

Jason sah von seinem Reiseführer auf und erklärte: „Stimmt genau, Chad. Das hier ist

‚Pietros Pizza', 1903 eröffnet und als eine der besten Pizzerias der Welt bekannt." Er blätterte rasch weiter und fuhr fort: „Sie kam in 13 Filmen vor, unter anderem dem Krimiklassiker ‚Die Mozzarellamorde'."

„Ach ja?", fragte Troy. „Den find ich klasse. Und ich verhungere bald. Gehen wir rein!"

Gemeinsam betraten sie das Restaurant, doch in der Tür konnte Taylor nicht widerstehen, Gabriella noch zuzuraunen: „Die römische Zahl MCMXCIX bedeutet ...?"

„1999", flüsterte Gabriella.

„Korrekt!" Sie grinsten sich an und studierten dann schnell die Speisekarte an der Wand.

„Wie sieht's aus, Gabriella?", fragte Troy. „Soll es wieder deine Lieblingssorte mit Peperoni und Ananas sein?"

„Was?" Jason sah entsetzt aus seinem Reiseführer auf. „Wir sind hier in New York, Mann! Wir müssen was Traditionelles bestellen." Er hielt Troy das Kapitel über New Yorks Pizzageschichte unter die Nase und fuhr fort:

„Margherita oder Salami vielleicht, aber doch nicht Ananas!“

„Du hast ganz recht, Jason“, stimmte ihm Gabriella zu. „Wenn wir in New York sind, sollten wir auch wie die New Yorker essen.“

Am Ende bestellten alle ganz einfach mit Käse und Tomatensoße. Kaum hatten sie den ersten Bissen probiert, sah Taylor Jason mit großen Augen an. „Der Reiseführer hat nicht gelogen, mein Freund“, erklärte sie. „Das schmeckt ja großartig!“

Jason nickte zufrieden. „Als Nächstes besichtigen wir die besten Hotdogs der Welt!“

Im Palace Theater wuchs die Spannung, als Mr Smith zum zweiten Mal die Bühne betrat, diesmal mit einer Liste in der Hand. „Meine Damen und Herren, wir möchten Ihnen herzlich für die Mühe danken, die Sie sich für dieses Vorsprechen gemacht haben. In der nächsten Runde würden wir gern folgende Bewerber und Bewerberinnen wieder hier begrüßen ...“

Und er begann, die Namen von seiner Liste vorzulesen. Sharpay hielt die Augen fest geschlossen und drückte sich fest beide Daumen. „Bitte, bitte, *bitte*“, murmelte sie leise. „Ich werd auch alles tun, Kulissen anmalen, Kostüme bügeln und zu jeder Zweitbesetzung nett sein.“

„Anneclaire Littlefield.“

Anneclaire stieß direkt neben Sharpay einen spitzen Freudenschrei aus. Sharpay schloss die Augen noch fester und hielt nun auch die großen Zehen gedrückt.

„Sharpay Evans, Ryan Evans.“

„Jaaaa!!“ Sharpay riss die Augen auf, tauschte einen High Five mit ihrem Bruder und dann auch mit Ms Darbus. „Ich hab's geschafft!“

„Natürlich haben Sie das“, sagte Ms Darbus gefasst.

Sharpay setzte sich erleichtert wieder auf den Platz und beschloss im Stillen, dass all ihre guten Vorsätze über nettes Benehmen null und nichtig waren, da sie ihr unter extremem Druck abverlangt worden waren.

Bald hatte der Regisseur die ganze Liste verlesen. „Erscheinen Sie bitte pünktlich morgen um 9 Uhr zum Vortanzen“, sagte er abschließend. „Ich wünsche Ihnen einen schönen Abend.“

Die Hälfte der Leute, mit denen Sharpay und Ryan das Theater verließen, war in heller Aufregung und plapperte schon über das Vortanzen am nächsten Tag. Die andere Hälfte schwieg entweder niedergeschlagen oder versicherte sich, dass es ihnen überhaupt nichts ausmachte, nicht weitergekommen zu sein, da sie jetzt wenigstens genug Zeit hätten, noch etwas von der Stadt zu sehen.

Sharpay ignorierte sie alle. „War doch gar nicht so schlecht“, flötete sie fröhlich. „Ich weiß gar nicht, warum ich mich so aufgeregt habe.“

„He“, unterbrach sie da Anneclaire von hinten. „Ihr wart ja ziemlich gut beim Vorsingen.“

„Danke“, erwiderte Sharpay kühl. Dann nahm sie sich zusammen und fügte mit aller gebotenen Höflichkeit hinzu: „Deine Nummer war ja auch ganz ... ansprechend.“

„Das Vorsingen ist natürlich immer der leichteste Teil“, plapperte Anneclaire weiter. „Morgen komme ich erst richtig groß raus. Meine Schauspiellehrerin findet, dass, obwohl meine Stärken so vielseitig sind, ich beim Tanzen noch überzeugender bin als beim Singen.“

Ryan zog scharf die Luft ein. Jetzt wusste er plötzlich, an wen ihn dieses Mädchen erinnerte: an Sharpay!

„Schwer zu glauben, ich weiß“, sagte Anneclaire, die seinen Gesichtsausdruck irrtümlich für Bewunderung hielt. „Aber meine größte Schwäche ist nun einmal, wie perfektionistisch ich bin. Ich weiß ja, dass Mr Smith gesagt hat, wir sollten morgen alle denselben Tanz aufführen, aber ich habe eben mit ihm gesprochen und ihm erklärt, dass ich *Das letzte Läuten* dafür viel zu großartig finde und unbedingt eine von mir selbst entwickelte Tanznummer für die Cafeteria-Szene im zweiten Akt aufführen möchte. Er sagte, das fände er sehr interessant und würde meine Nummer gern sehen.“

Sharpay ärgerte sich. Warum war sie nicht darauf gekommen?

Anneclaire lehnte sich vor und wisperte verschwörerisch: „Wisst ihr, was er noch gesagt hat? Er findet ihre alte Tanznummer schon ein bisschen überholt und will sehen, ob sie sie nicht mit meinen Ideen etwas aufpeppen können." Anneclaire strahlte sie an. „Wäre das nicht super? Meine eigene Broadway-Choreografie noch vor dem Highschoolabschluss vorweisen zu können?"

„Tja", murmelte Ryan, der nicht unhöflich sein wollte. „Das wäre super."

„Dann gehe ich jetzt mal üben. Wir sehen uns morgen!"

Und mit einem lässigen Winken war sie verschwunden.

Sharpay, Ryan und Ms Darbus sahen ihr sprachlos nach. Schließlich erklärte Sharpay schwach: „Ich muss mich mal etwas frisch machen." Ms Darbus nickte und folgte Sharpay zu den Toiletten.

Ryan sah sich unterdessen im Foyer die Fotos der aktuellen Ensemble-Mitglieder an. Alles in diesem Foyer schien voll von Erinnerungen an die legendärsten Darstellerleistungen und erstaunlichsten Laufbahnen vom kleinen Licht zum großen Star. Ryan musste niesen. Es war auch voller Staub!

Dann fiel im auf, dass er seinen Schirm drinnen vergessen hatte. Als er die Tür zu dem riesigen, abgedunkelten Saal öffnete, spürte er eine seltsame Erregung. So schön es war, sich eine Show anzusehen, noch besser war es doch, ganz allein im dunklen Theater zu stehen, dachte er.

Man konnte sich im Dunkeln ohne weiteres auf die Bühne hinaufträumen. Sich vorstellen, wie die Zuschauermassen einem gebannt an den Lippen hingen. Oder ...

... den Regisseur von *Das letzte Läuten* bei ihrem Urteil über das gerade beendete Vorsprechen belauschen.

Ryan tauchte rasch hinter einer Sitzreihe ab und hoffte, dass niemand ihn gesehen hatte.

„Waren ein paar richtig gute junge Leute dabei“, sagte Mr Smith zu Mr Lackley. „Schade, dass wir sie nicht alle nehmen können.“

Der Produzent zuckte die Achseln und konsultierte eine Liste. „Warum mussten letzte Woche drei neue Kostüme angeschafft werden? Und warum werden schon wieder neue Kulissen gestrichen? Haben wir das nicht erst vor sechs Monaten getan?“

Mr Smith beachtete seine Fragen gar nicht. Man konnte schließlich kein Luxus-Feinschmecker-Musical auf die Beine stellen, wenn man nur ein Hot-Dog-Budget hatte. „Ich würde gern am Ende des ersten Aktes ein paar Änderungen durchführen“, erklärte er. „Der Tanz zwischen Cheerleadern und Basketballern gefällt mir eigentlich nicht mehr.“

„Wenn Sie meinen“, antwortete Mr Lackley leidenschaftslos und studierte eine weitere Zahlenreihe. „Woher kommen all diese Zusatzkosten für die Beleuchtung? Macht hier etwa einer jeden Abend die Glühbirnen kaputt?“

„Wir brauchen für diesen Posten eben einfach mehr Budget“, antwortete Mr Smith. „Gerade heute Morgen unter der Dusche hatte ich eine irre Idee!“

Mr Lackley seufzte. Als der Regisseur das letzte Mal eine irre Idee unter der Dusche gehabt hatte, hatte ihn das einige Millionen gekostet.

„Ich finde, wir sollten die Nummer von Grund auf ändern!“, fuhr Mr Smith begeistert fort. „Zu einer Art historischer Revue, bei der die Schüler typische Tänze aus den letzten fünf Jahrzehnten aufführen. Flashbacks kommen immer gut an.“

„Ich finde, das klingt teuer“, grummelte der Produzent. „Dann brauchen Sie bestimmt für alle neue Kostüme?“

„Ach was, Kleinigkeiten!“, rief Mr Smith und machte eine wegwerfende Handbewegung. „Die Dekadenrevue ist jedenfalls eine geniale Idee. Wir fangen mit den 40er-Jahren an, alle tanzen Jitterbug, dann weiter in die 50er, alle tragen Elviskostüme, danach die 60er mit Hippieklamotten und psychedelischer Beleuchtung und dann die 70er …“

„An die 70er kann ich mich noch gut erinnern …“, unterbrach ihn Mr Lackley. Er verzog das Gesicht. „Ich fand sie einfach grässlich.“

„Aber den Leuten gefällt das! Da ist für jede Altersgruppe etwas dabei!“ Mr Smith war so begeistert von seiner eigenen Idee, dass er aufgeregt auf und ab zu wippen begann. „Ich werd Darien anrufen und ihn etwas für morgen vorbereiten lassen. ‚Summer of Love‘ wäre doch als 60er-Nummer super, oder?“

Die beiden Männer verließen den Saal. Ryan sah sich vorsichtig um, aber niemand war mehr zu sehen, und er konnte unbemerkt hinausschlüpfen.

Draußen im Foyer wartete Sharpay schon ungeduldig auf ihn.

„Wo hast du denn gesteckt, Ryan? Wir warten schon ewig!“, rief sie empört.

„Keine Sorge, das Warten hat sich gelohnt“, erwiderte Ryan mit wissendem Grinsen. Und er erzählte in allen Einzelheiten, was er eben belauscht hatte, während die beiden Frauen seinem Bericht gebannt lauschten.

Erst als es draußen anfing zu regnen, wurde ihm klar, dass er seinen Regenschirm völlig vergessen hatte.

KAPITEL 4

„Hey!“ Erschrocken sprang Chad einen Schritt zurück, als ein Taxi mit ungeheurem Tempo um die Ecke bog. „Geht's etwas langsamer, Mann?“

„Wir sind in New York“, meinte Taylor ungerührt. „Die sind, glaub ich, gesetzlich verpflichtet, so zu fahren.“ Dann musterte sie den schockierten Chad etwas genauer. „Alles noch dran?“, fragte sie halb besorgt.

Chad holte tief Luft. „Ja, doch – Herz schlägt noch. Wo sind eigentlich die anderen?“

Hinter ihnen starrten Gabriella und Troy fasziniert in ein Schaufenster, in dem ausschließlich Lunchdosen der 60er-Jahre zum Verkauf angeboten wurden, und Zeke war in das Warenangebot der Bäckerei nebenan versunken. Jason las unablässig in seinem Reiseführer.

Taylor seufzte. Greenwich Village war unglaublich cool – und sie kamen nicht hin, weil es auf dem Weg so viel zu sehen gab, dass sie für zehn Häuserblocks fast eine halbe Stunde gebraucht hatten! Und es blieben ihnen doch nur ein paar Tage für die ganze Stadt!

Sie nahm Chad am Arm und zog ihn zu Troy und Gabriella.

„Diese ‚Familie Feuerstein'-Dose ist vielleicht süß!", sagte Gabriella gerade. „Wollen wir reingehen und gucken, was es sonst noch gibt?"

Jason gesellte sich zu ihnen. „In meinem Buch steht, dass ganz in der Nähe ein Park direkt am Flussufer ist. Da könnten wir doch hin, jetzt regnet es ja nicht mehr."

„Klingt gut", sagte Troy.

„Aber wir wollten doch zur Freiheitsstatue“, widersprach Taylor. „Wenn wir schon einmal in New York sind, müssen wir die doch einfach sehen. ‚Historisch und kulturell bedeutsame Sehenswürdigkeiten‘ – wisst ihr noch?“

Chad deutete auf Zeke, der immer noch vor der Bäckerei stand und träumte – einen sehr schönen Traum, wenn sein beseeltes Grinsen etwas zu bedeuten hatte. „Wir müssen Zeke wohl mal aus seiner Trance holen.“

Die Gruppe scharte sich um Zeke.

„Komm schon, Alter, wir müssen heute noch viel schaffen“, erinnerte ihn Chad.

„Sieh dir nur all diese Cannoli an“, schwärmte Zeke, „und die Pignoli und die Spumenti!“

Chad sah sie an, und die anderen taten es ihm gleich. Ihnen allen lief beim Anblick des feinen Gebäcks das Wasser im Mund zusammen. Dann fiel Zeke ein Schild im Schaufenster auf. „Hey, den Laden gibt es schon seit 1873! Das bedeutet, er ist historisch, oder nicht?“

Allgemeines Nicken.

„Und wir sehen uns gerade *italienische* Köstlichkeiten an, und die stammen doch aus einer anderen *Kultur*, nicht wahr?"

„Uns musst du nicht überzeugen, Mann", rief Chad. „Los, gehen wir rein!"

20 Minuten später machten sie sich wieder auf den Weg. Sie hatten ein Dutzend Kekssorten verkostet, von denen sie noch nie vorher gehört hatten und ohne die sie jetzt nicht mehr auskommen mochten. Zeke hatte sich sehr angeregt mit der Besitzerin der Bäckerei unterhalten, die ihnen nützliche Tipps für perfekte Cremefüllungen sowie eine ganze Tüte Biscotti mit auf den Weg gegeben hatte.

„War das lecker!", bemerkte Troy und strich sich genüsslich über den Bauch.

„Ja, aber wenn ich hier leben würde, würde ich jede Woche zwei Kilo zunehmen", meinte Gabriella. „Das Essen ist einfach zu gut."

„Dafür hättest du viel Bewegung, weil du überall zu Fuß hin müsstest", gab Chad zu bedenken.

„Nicht zu vergessen, wild gewordenen Taxis entkommen müsstest“, fügte Taylor hinzu.

Da entdeckte Troy etwas, das in ihm sofort Heimatgefühle weckte: einen Basketballplatz. „Seht euch das an!“, rief er und überquerte schon die Straße.

Auf einem Spielplatz, der nur etwa halb so groß wie ein normales Spielfeld und von allen Seiten mit Maschendraht eingezäunt war, standen zwei Basketballkörbe. An den Zaun gelehnt sahen einige Leute dem Spiel zu, das sich dort schnell und wild zwischen zwei Dreiermannschaften abspielte.

Die Wildcats gesellten sich zu den Zuschauern. „Die sind nicht schlecht!“, staunte Troy.

„Stimmt“, pflichtete Chad ihm bei, als ein Spieler voll konzentriert das Spielfeld entlanghechtete und den Ball heftig in dem verbogenen Metallrahmen versenkte.

Sogar Jason legte endlich seinen Reiseführer beiseite und sah fasziniert zu. Zeke knabberte gedankenverloren an einem der Biscotti und versuchte, sich das besonders geschickte Ausweichmanöver, das er gerade verfolgte, für sein nächstes Spiel einzuprägen.

Dann legten die Spieler eine Pause ein. „Ich bin weg. Muss in einer Stunde zur Arbeit“, erklärte einer von ihnen.

„Ich muss auch gehen“, sagte ein anderer.

Einer der verbleibenden Spieler meinte: „Tja, das war's dann wohl für heute.“

„He, braucht ihr ein paar neue Gegner?“, rief Chad laut.

Troy sah ihn erschrocken an. Was hatte Chad denn vor? Die Typen waren *sehr* groß, *sehr* stark und *sehr* gut!

Die Spieler sahen sich an und grinsten, kamen dann aber zu ihnen an den Zaun. „Ihr Jungs spielt also?“

„Allerdings!“, entgegnete Jason selbstbewusst. „Letztes Jahr haben wir ...“

„Ein paar Spiele hier und da gewonnen“, beendete Troy den Satz rasch. Auch wenn Jason sicher nicht mit ihrer Schulmeisterschaft angeben wollte, würde das bei diesen Jungs bestimmt nicht gut ankommen.

„Na schön“, meinte einer der Spieler, „ihr bekommt euer Spiel.“

Die Wildcats sahen Troy an, der noch zögerte. Sie waren ja nicht nach New York gekommen, um Basketball zu spielen, und sein Vater hatte gerade noch gesagt, dass die Fahrt möglichst lehrreich werden sollte.

„Ach, ich weiß nicht“, sagte der andere Spieler abschätzig zu seinem Freund. „Die brauchen wohl erst die Erlaubnis von ihrer Mutti.“

Das genügte.

„Alles klar“, erklärte Troy. Sie würden von diesen Jungs bestimmt einiges über Basketball lernen, und das war schließlich lehrreich!

Chad, Zeke und Jason grinsten erwartungsfroh, als sie auf den Platz liefen.

Nach einer knappen halben Stunde fragten sich die Wildcats, auf was sie sich da eigentlich eingelassen hatten.

Die Typen, gegen die sie spielten, hießen Terence, Reggie, Max und Bongo. Bongo war nicht einmal groß, und doch gelang ihm ein Drei-Punkte-Wurf nach dem anderen. Terence war ein unglaublicher Sprungwerfer; er warf sich, wie es schien, meterhoch in die Luft, bevor er den Ball zielsicher versenkte. Max war ein meisterlicher Balldieb. Und Reggie stand unbeweglich wie eine Ziegelmauer unter dem Korb und ließ sich von den Wildcats einfach nicht umgehen, wie sehr sie es auch versuchten. Jeden einzelnen Rebound verwandelte er in einen Korb für sich. Alle vier waren extrem schnell und hervorragende Verteidiger; sie spielten quasi das gesamte Match über die Köpfen ihrer Gegner hinweg und landeten einen Slamdunk nach dem anderen.

„Na schön", riet Troy den anderen. „Wir konzentrieren uns jetzt auf die Grundlagen. Wir wissen, dass die unsere Stärke sind!"

„Ja!", rief Chad, dem trotz des ernüchternden Spiels noch nicht der Siegeswille abhandengekommen war. „Zeigen wir's ihnen!"

Aber kaum wollten sie sich so richtig ins Zeug legen, war schon wieder ein anderer Verteidiger aufgetaucht und nahm Troy jede Chance auf eine freie Wurflinie. Max holte sich mal wieder den Ball und gab ihn an Bongo ab, der einen weiteren Drei-Punkte-Wurf landete. Reggie schnappte sich den herabfallenden Ball und warf aus dem Stand einen weiteren Korb. Endlich gelang es Chad, den Ball in die Hand zu bekommen, aber Terence holte ihn sich sofort wieder und verschwand damit irgendwo in der Stratosphäre.

Die Wildcats waren fassungslos.

Sie waren von dieser Art Spiel, bei dem sie ihren Gegnern so gar nichts entgegenzusetzen hatten, derart überfordert, dass sie einfach nur noch ziellos um sich zu werfen begannen, was sie nur noch mehr entmutigte.

Zu guter Letzt gelang es Troy, sich einem der Verteidiger zu entziehen. Verzweifelt sprang er hoch und zielte auf den Korb. Zu seiner eigenen Überraschung tippte der Ball nur kurz ans Brett und fiel dann sauber durch den netzlosen Ring.

Chad und Zeke jubelten ihm zu, aber Troy konnte sich nicht recht freuen. Ihm war klar, dass das zwei Punkte für sie waren – gegen ungefähr 200 für ihre Gegner.

„Nicht schlecht“, meinte Terence freundlich.

„Klar, für Glück gibt's schließlich ebenso viel Punkte wie für Talent“, erwiderte Reggie nicht ganz so freundlich.

„Komm schon, Mann, die Jungs haben ihr Bestes gegeben“, sagte Terence, woraufhin Chad schon heftig reagieren wollte, was Troy aber verhinderte. „Danke für das Spiel“, sagte er schnell. „Wir haben 'ne Menge gelernt.“

„Sicher habt ihr das“, kicherte Reggie. „Wenn ihr wieder mal Lust habt: Wir unterrichten hier jeden Nachmittag.“

„Weißt du, das machen wir vielleicht“, sagte Chad. „Und dann läuft es ganz sicher anders!“

„Tut das nur“, lachte Terence gutmütig.

Als die Jungen den Platz verließen, rief Reggie ihnen noch spöttisch nach: „Willkommen im Käfig, Jungs!“

„Na, das war doch ... lehrreich“, begann Troy zögernd, als die vier danach schweigend die Straße hinunterwanderten. Sie alle versuchten noch immer dahinterzukommen, was eben eigentlich so schiefgelaufen war.

„Ich glaub das einfach nicht. So viel älter als wir waren diese Kerle doch gar nicht!“, murmelte Chad. Er war wütend. Auf einmal kam ihm ein Gedanke, und er blieb stehen. „Vielleicht haben die für die NBA geübt oder so was?“

„Auf so einem schäbigen kleinen Platz?“, meinte Zeke zweifelnd. „Eher wohl nicht.“

Gabriella wollte die drei trösten und sagte: „Ich fand euch gar nicht schlecht, wenn man bedenkt, dass ihr euch nicht aufwärmen konntet und ein so kleines Spielfeld gar nicht gewohnt seid und ...“

„Und uns gar nicht öfter als 30-mal den Ball haben abnehmen lassen, ja, ja“, unterbrach sie Chad ungeduldig. Troy dachte nach. „Womit wir uns auch immer herausreden: Fakt bleibt doch, die haben es uns gründlich gezeigt.“

Dass nun auch noch ihr Mannschaftskapitän das Offensichtliche bestätigte, bedrückte die anderen. Da raffte sich Troy zu einem dünnen Lächeln auf und erklärte: „Aber das heißt ja nicht, wir würden nicht zurückkommen, oder?“

„Hierher zurück?“ Jason sah wieder in seinen Reiseführer. „Aber ich habe hier noch zwölf andere Ziele angekreuzt ...“

„Und mindestens fünf davon schaffen wir auch noch, versprochen“, beruhigte ihn Troy. Entschlossen setzte er hinzu: „Aber diese Jungs werden uns wiedersehen. Was sagt ihr?“

„Ich sage ja – und dann schlagen wir die Kerle!“, schrie Chad. „Welches Team?“

„Wildcats!“

„Welches Team?“

„WILDCATS!!!“

Gabriella sah sich unruhig um und hoffte, dass ihre Jubelei mitten auf der Straße nicht unangenehm auffiel. Aber sie waren schließlich in New York – niemand nahm von ihnen auch nur Notiz.

KAPITEL 5

Den sechs Freunden wurde bald klar, dass jeder von ihnen etwas anderes unternehmen wollte. Also teilten sie sich für den Rest des Nachmittags auf und wollten sich später zum Abendessen wiedertreffen.

Chad und Zeke gingen in den Central Park. Jason entschied sich für eine Sightseeingtour im Bus zum Empire State Building. Taylor wollte sich ein Museum mit tibetischer Kunst ansehen, und Troy und Gabriella wollten am liebsten einfach weiter durch die Stadt spazieren. Solange sie beide nur zusammen waren, würden sie auch Spaß haben!

Sie begannen (diesmal ernstlich) in Greenwich Village. Dort waren die Straßen nicht so übersichtlich rechtwinklig angelegt wie um ihr Hotel herum, sondern verliefen in den sonderbarsten Winkeln. Nach fünf Minuten mussten sie schon in den Stadtplan schauen, nach sieben Minuten wurde ihnen klar, dass sie sich total verlaufen hatten, und nach zehn Minuten steckten sie den Stadtplan wieder ein und beschlossen, einfach drauflos zuwandern.

In der nächsten Stunde sahen sie Plattenläden, in denen es Tausende alter Schallplatten gab, besuchten Comicshops und staunten über eine antiquarische Buchhandlung, die 30 Kilometer Bücher zu bieten hatte. Sie sahen Jongleuren, Straßenmusikanten und Schachspielern im Washington Square Park zu. Und schließlich waren sie so müde, dass sie sich eine Pause in einem der hübschen Straßencafés gönnten.

„Hier ist es so schön!“, rief Gabriella, als sie die bunt gemischte Menge an Passanten beobachtete. „Ich wünschte fast, Taylor und ich hätten bei der College-Quizshow nicht gewonnen, dann müssten wir da nicht mehr hin.“

„Ja“, stimmte Troy ihr zu. „Das wäre schön.“

Sie sah ihn an. Troy schien nicht ganz bei der Sache zu sein. Er kaute gedankenverloren an seinem Strohhalm und bedachte die Tischdecke mit düsteren Blicken.

„Was ist denn los?“, fragte sie. „Du scheinst mir ein wenig ... abgelenkt.“

„Was?“ Er sah zu ihr auf. „Ach, entschuldige. Mir geht das Spiel von heute Morgen nicht aus dem Sinn. Wenn ich ein paar bessere Tricks draufhätte, hätten wir vielleicht – na ja, nicht gewonnen, aber uns nicht so blamiert.“

„Ach, Troy“, wiegelte Gabriella ab. „Ihr habt euch doch nicht blamiert. Sie haben euch nur ...“

„Geschlagen.“ Er lächelte schwach.

„Hmmm.“ Eine Weile lang blieb auch sie still sitzen und zog ab und zu an ihrem Strohhalm.

Dann fragte sie: „Wer ist deiner Meinung nach der beste Basketballspieler aller Zeiten?"

„Warum?", fragte er verwirrt.

„Na ja, ich hab so das Gefühl, dass du den ganzen Nachmittag über an Basketball denken musst, selbst wenn du nicht willst", sagte sie. „Und da dachte ich, ich schließe mich einfach an."

Er lächelte ihr liebevoll zu. „Du hast recht. Dieses Spiel werd ich so schnell nicht wieder los."

„Und ich möchte lieber gar nicht zu viel über meine Quizshow morgen nachdenken", fügte sie hinzu. „Also was ist nun mit dem besten Spieler aller Zeiten?"

„Na gut." Er lächelte. „Gar keine Frage, das ist Michael Jordan. In den 90er-Jahren hat er die Chicago Bulls zu sechs Meisterschaften in Folge geführt. Er ist überhaupt ein toller Sportler. Zum Beispiel spielt er auch hervorragend Golf." Das äußerte er so zufrieden, dass Gabriella lachen musste. Wenn Troy gerade nicht Basketball spielte, dann war er mit der Golfmannschaft der East High beschäftigt. „*Und* eine Saison lang hörte er sogar mit dem Basketball auf und spielte stattdessen in der Regionalliga Baseball."

„Wirklich?", antwortete sie überrascht. „Das wusste ich gar nicht. Warum war er denn so ein toller Basketballer?"

„Er konnte einfach alles: werfen, dem Gegner den Ball abluchsen, springen, verteidigen ... und im Spiel tat er einfach immer das, was gerade nötig war, um zu gewinnen." Troy sah ihr in die Augen. „Aber vor allem hat er dieses Spiel geliebt. Er ließ sogar vertraglich festhalten, dass er Basketball auch dann spielen durfte, wenn nicht Saison war, was die meisten NBA-Stars nicht dürfen. Und zu diesen sechs Meisterschaften ..."

„Sharpay! Sieh mal!" Ryan folgte seiner zunehmend ungeduldigen Schwester, wie es schien, schon seit Stunden durch das East Village. Und das nach den Anstrengungen ihres Vorsprechens heute Morgen! Als er gerade fürchtete, vor Erschöpfung umfallen zu müssen, entdeckte er in einer Seitengasse einen kleinen Laden, der wie für ihn geschaffen schien. Wie angewurzelt blieb er vor dem winzigen Schaufenster stehen.

„Was ist denn?“, blaffte Sharpay ihn an. Sie sah sich um und kehrte zu Ryan zurück, der mit glänzenden Augen und halb offenem Mund in die Auslage starrte.

„Sieh nur“, wisperte er und deutete aufs Schaufenster.

Sharpay hoffte nur, dass Ryan sich nicht wieder von irgendwelchen Angeboten zur Aromatherapie hatte ablenken lassen. Zitronen-Basilikum-Kerzen waren ja ganz schön, aber sie hatten Wichtigeres zu tun.

Dann aber sah sie die Sachen im Schaufenster. Schlaghosen wölbten sich endlos über turmhohen Plattformschuhen. Miniröcke prangten über Go-go-Stiefeln und gebatikten Oberteilen. Hautenge schwarze Hosen stießen an knöchelhohe Stiefeletten. Jacken waren mit Perlen und Federn geschmückt. Plastikohrringe und Ketten erstrahlten in allen Regenbogenfarben. Mit anderen Worten ...

„Sixties Heaven“, sagte Ryan ehrfürchtig.

Sharpay wurde klar, dass er nicht poetisch sein wollte, sondern tatsächlich den Namen des Ladens vorlas, der in rundlichen bunten Lettern auf der Tür zu lesen stand. „Worauf warten wir noch?“, rief sie glücklich. „Unsere Siegerkostüme warten auf uns!“

Sie stürzten durch die Tür in einen winzigen, schlecht beleuchteten Raum, in dem es nach Weihrauch roch. Irgendwo im Hintergrund klingelte eine Glocke, und eine langhaarige junge Frau mit Nickelbrille, geflickten Jeans und einer prächtigen Gaze-Bluse kam auf die beiden zu. „Hi“, begrüßte sie sie lässig. „Wie geht's euch heute?“

Ryan grinste unsicher. „Äh ... groovy?!“

Sie lächelte zurück. „Das ist schön.“

„Ihr ganzer Laden hier ist schön“, sagte er eifrig. „Die ganzen Vibrations hier sind so ...“

„Ja, ja, alles total cool und groovy und völlig Sixties“, unterbrach ihn Sharpay. „Wir haben jetzt aber keine Zeit für Hippie-für-Anfänger!“

Die Verkäuferin nickte höflich und fragte: „Womit kann ich euch behilflich sein?“

„Ich brauch das beste ‚Summer of Love‘-Kostüm, das es je gegeben hat“, erwiderte Sharpay. „Und zwar jetzt *sofort*.“

Eine knappe Stunde später verließen Sharpay und Ryan den „Sixties Heaven“ mit je zwei großen Tragetüten. Sharpay hatte sich mithilfe der Verkäuferin Angela ein Kostüm zusammengestellt, zu dem hüftenge Jeans, eine Seidenbluse mit orange- und pinkfarbenen Spiralen, eine riesengroße Sonnenbrille, dicksohlige Sandalen und Ringe an jedem Finger gehörten. Ryan hatte sich für ausgeblichene Jeans, Lederhut und -weste sowie ein weißes Rüschenhemd entschieden, in dem er sich verwegen wie ein Pirat vorkam. Außerdem war er ganz vernarrt in Angela.

„Sie hat gesagt, ihre Mutter hat sie Angela genannt, weil sie bei ihrer Geburt wie ein Engel aussah“, seufzte er. „Und so sieht sie immer noch aus, finde ich.“

Sharpay blieb stehen und wirbelte zu ihm herum. „Ryan! Jetzt reiß dich zusammen! Morgen steht uns die schwerste Prüfung unseres Lebens bevor, und wir müssen uns gut darauf vorbereiten. Ein Kostüm zeigt, wie eine Figur aussieht …"

„Aber deine Darbietung zeigt, was eine Figur empfindet", sprach er den Satz mit ihr zu Ende. Diesen Grundsatz kannten sie auswendig, denn Ms Darbus wiederholte ihn andauernd, besonders wenn sich jemand wegen seines zugewiesenen Kostüms beschwerte.

„Ganz genau. Ich muss mich vorbereiten, ich muss empfinden, wie der Sommer der Liebe sich angefühlt hat, ich muss all meine Sinne auf den Geist der 60er-Jahre richten – und ich muss all das noch heute tun!" Verzweifelt griff Sharpay sich an die Stirn.

„Keine Angst, Schwesterchen, ich habe die Lösung!" Mit siegesgewissem Lächeln zeigte Ryan ihr einen Handzettel. Darauf stand: „Nur heute Nacht! Erlebe Woodstock im Central Park! Mit den Foggy Prunes."

Sharpay riss begeistert die Augen auf. „Ryan, das ist ja perfekt!“

„Ich weiß“, seufzte er, „genau wie Angela.“

Sharpay verdrehte genervt die Augen.

„He, immerhin hat *sie* mir den Flyer gegeben!“

Als die Abendsonne gerade über dem Hudson River unterging, schlenderten Sharpay und Ryan zum Central Park. Neben Dutzenden von Joggern und Fahrradfahrern erreichten sie schließlich die Bühne, auf der die Foggy Prunes unter dem dichten Blätterwerk der Bäume ihre Vorstellung gaben. Vor der Bühne hatten sich viele Hundert Menschen versammelt. Kaum hatte die Musik eingesetzt, tanzten und wiegten sich alle zu den Klängen der 60er-Jahre.

„Das war eine tolle Idee!“, rief Sharpay und sah einem Mann und einer Frau neben sich genau bei deren Tanz zu. Ihre Sachen erinnerten stark an die, die sie und Ryan nachmittags gekauft hatten, und die beiden zeigten einige authentische Schritte, die sich Sharpay auf der

Stelle merkte. Am nächsten Tag hätte sie vielleicht die Chance, ein wenig zu improvisieren; und darauf wollte sie vorbereitet sein. „Ich werde viel besser sein als diese Anneclaire, ich weiß es einfach!"

„Natürlich", sagte Ryan geistesabwesend.

„Was ist denn los mit dir?", giftete Sharpay ihren Bruder an. „Du hörst mir ja gar nicht zu."

„Was?" Ryan drehte sich zu ihr um. Rasch setzte er eine interessierte Miene auf. „Äh, natürlich höre ich dir zu. Du hast gerade gesagt, dass ..." Er zögerte. Er hatte überhaupt nicht zugehört, aber es war niemals schwer zu raten, worüber Sharpay zuletzt gesprochen hatte. „Du hast gesagt, dass du morgen fantastisch sein wirst. Und das wirst du auch! Weil du die beste Sängerin, Tänzerin, Schauspielerin und Produzentin auf diesem Planeten bist."

Sharpay sah ihn misstrauisch an. Selbst ihr kam diese Ansprache einen Hauch übertrieben vor. Aber sie beschloss, das Kompliment dennoch anzunehmen.

„Das stimmt auch."

„Aber selbst wenn wir nicht gewinnen ..."

Sharpay sah ihn entrüstet an. „Das darfst du nicht einmal *denken*", rief sie.

Aber Ryan meinte es ernst. „Selbst wenn wir morgen nicht gewinnen, was wir natürlich doch tun werden, finde ich es richtig nett, hier zu sein, du nicht?" Er gestikulierte zu den Blumen und Bäumen, der Band und all den lachenden und tanzenden Menschen um ihn herum.

„Es wäre *richtig nett*, endlich mein Debüt am Broadway zu erleben, Ryan!", sagte sie spitz. „*Darauf* muss ich mich konzentrieren."

Aber Ryan hörte gar nicht mehr zu. Stattdessen starrte er begeistert über ihre Schulter. Eine junge Frau näherte sich ihnen.

„Na, ihr beiden!"

Sharpay wandte sich um und entdeckte Angela, die sie freundlich anlächelte.

„Wie schön, dass ihr hier seid", sagte Angela. „Die Foggy Prunes sind meine Lieblingsband."

„Ja, meine auch", behauptete Ryan töricht.

„Ich meine, ich hatte zwar noch nie von ihnen gehört, aber ... nach heute Abend werden sie bestimmt meine absolute Lieblingsband!"

Sharpay verdrehte die Augen, aber Angela lächelte und nahm ihn bei der Hand. „Das ist schön", sagte sie. „Kommst du tanzen?"

Ryan schluckte, nickte aber. Er ließ sich von ihr mitten in die Menge hineinziehen, wo sie zur alten Rockmusik zu tanzen begannen. Hier in seinem eigentlichen Element gewann Ryan rasch an Selbstsicherheit. Er entspannte sich, lächelte Angela breit an und wagte sogar ein paar eigens improvisierte Tanzschritte mit ihr.

Sharpay sah ihm zu und fing unwillkürlich ebenfalls an zu lächeln. Einen kurzen Moment lang vergaß auch sie den Druck und die Belastung, die ein Leben als angehender Star mit sich brachte, und lauschte einfach nur der Musik. Und bei den Klängen der Band, dem Duft von Hotdogs und Brezeln und der lauen Abendbrise musste sie doch den Gedanken zulassen, dass ein Konzert im Central Park *richtig nett* war.

KAPITEL 6

Am nächsten Morgen standen Gabriella und Taylor sehr früh auf. Nach Taylors Ansicht viel zu früh. Aber sie mussten schon um acht Uhr morgens fertig gestylt und frisch gestärkt im Rockefeller Center erscheinen, wo ihre Quizshow aufgezeichnet wurde.

„Bist du nervös?“, fragte Gabriella im Taxi.

„Natürlich nicht“, behauptete Taylor. „Wir bereiten uns seit Monaten vor. Niemand könnte bereiter sein als wir, Schwester.“

„Recht hast du“, seufzte Gabriella. „Wir zeigen’s ihnen, hm?“

Taylor lachte in sich hinein. „Du sagst es!“

Sie stiegen aus und machten sich auf den Weg zum Fernsehstudio. Vor dem Gebäude blieben sie kurz stehen und machten ein Foto von der goldenen Prometheus-Statue, die über die Flaggen aller Länder der Welt wachte. Drinnen nahmen sie den Fahrstuhl zur 15. Etage und wurden von einer Produktionsassistentin in Empfang genommen, die sie in einen Warteraum führte.

Dort saßen schon vier andere Teenager. Etwas verlegen stellten sie sich vor. Die beiden Jungen trugen dunkle Anzüge. Der Dunkelhaarige stellte sich als Chase P. Pearson vor, der Blonde hieß Sinclair Farmington.

„Wir sind das Team Bisam“, sagte Chase, „aus Connecticut.“

„Na, dann hattet ihr es ja nicht so weit“, probierte es Gabriella mit Smalltalk.

Aber Sinclair hob nur verächtlich die Augenbrauen. „Na, du wirst sicher jede Menge Punkte in Geografie einheimsen“, sagte er hochnäsig, woraufhin Chase kicherte.

Gabriella drehte sich errötend zu den anderen beiden Konkurrentinnen um. Sie kamen aus einer Kleinstadt in Ohio und nannten sich die Dragons. Die Dunkelhaarige mit der schwarz gerahmten Brille hieß Winnie Barnes; Jan Stevens war ihre kleine, gedrungene Teamkameradin mit roten Haaren.

„Wir sind gestern erst um Mitternacht angekommen“, sagte Jan nervös. „Der Flug hatte ewig Verspätung wegen des schlechten Wetters. Ich hoffe nur, dass wir trotzdem durchhalten.“

„Das werdet ihr ganz bestimmt“, begann Gabriella, wurde aber von Sinclair unterbrochen.

„Das ist schlecht“, bemerkte der blonde Junge unliebenswürdig. „Schlafmangel kann jede Konzentration zunichtemachen. Dafür gäbe das aber eine super Hintergrundstory, falls du nachher doch gewinnst. Eine echt dramatische Geschichte für das Reality-Show-Segment.“

„Wovon sprichst du denn?“, fragte Taylor ihn stirnrunzelnd. Sie hatte bereits beschlossen, diesen Sinclair und seinen hochnäsigen Partner nicht zu mögen. Es würde Spaß machen, die beiden in ihre Schranken zu verweisen. „Was für ein Reality-Show-Segment?“

In diesem Moment stürzten zwei Männer mit einer Kamera und einem Klemmbrett herein.

„Willkommen, liebe College-Quizshow-Teilnehmer!“, rief der Mann mit dem Klemmbrett. „Ich bin euer Produzent Bert, und das hier ist unser talentierter Kameramann Joe. Wir werden euch die ganze Zeit über filmen – hinter der Bühne, beim Last-Minute-Lernen, bei euren Zusammenbrüchen vor der Tür. Jeder dieser dramatischen Momente soll festgehalten werden, damit unsere Zuschauer die Spannung, landesweit ausgestrahlt zu werden, wenn man unglaublich schwere Fragen beantworten soll, am eigenen Leib zu spüren bekommen.“

Jan und Winnie wurden blass. Sinclair und Chase grinsten wissend.

Gabriella drehte sich fast der Magen um. Taylor aber blinzelte nur ungeduldig. „Als ob das Leben nicht schon dramatisch genug wäre!“, dachte sie bei sich. „Die Typen hier glauben echt, sie müssen das noch toppen?“

„Ihr sollt euch natürlich nicht für die Kamera verstellen“, versicherte ihnen Bert. „Seid nur ganz ihr selbst ... Aber falls eine Panikattacke oder hysterische Schluchzer anstehen, dann gebt bitte Joe ein Zeichen. Genau das brauchen wir, um unser Publikum bei der Stange zu halten, versteht ihr? Fangen wir mit den Interviews an. Wer möchte zuerst? Chase? Super, dann los.“

Als Sharpay und Ryan am nächsten Morgen in ihren aufsehenerregenden 60er-Kostümen im Palace Theater erschienen, begegneten ihnen viele überraschte und neidische Blicke. Mr Smith starrte sie mit offenem Mund an, kam dann aber auf sie zugestürmt.

„Na, das geht ja wirklich über jede Erwartung hinaus!“, rief er. „Ich bin sehr beeindruckt.

TREFFPUNKTE AN DER EAST HIGH

Willkommen an der East High!
So ein erster Tag kann ganz schön beängstigend sein – ich weiß das noch ganz gut. Alle wissen genau, wo sie hin müssen – außer Dir. Aber es ist gar nicht so schwer, sich bei uns zurechtzufinden! Hier stelle ich Dir die coolsten Orte an unserer Schule kurz vor.

Gabriella

KLASSENRAUM

Hier versammelt sich jeden Morgen die ganze Klasse, und die Schüler melden sich anwesend. (KOMM ALSO NICHT ZU SPÄT!) Hier treffen wir uns auch oft in den Freistunden, um zu quatschen. Such Dir einen guten freien Platz – da wirst Du nämlich das ganze Jahr über sitzen!

AULA

Hier finden alle denkwürdigen Ereignisse der East High statt. Unser Direktor Mr Matsui kündigt vom Podium aus alle wichtigen Veranstaltungen an, wie z. B. Spendenaktionen oder unsere super Abschlussfahrt nach New York. Hier finden auch die Schulbälle statt, und vor allem werden hier die Theaterstücke und Musicals aufgeführt. An der Aula hängen einige meiner schönsten Erinnerungen – sowie einige meiner schlimmsten!

Wildcat Summer

SPORTHALLE

Die geistige Heimat der Wildcats, dem Basketballteam der East High. Vor jedem wichtigen Spiel trifft man die Sportler hier fast jeden Abend beim Training an. Der Sport steht zwar oft zwischen Troy und mir, aber er bedeutet Troy nun einmal sehr viel. Und ich verstehe das auch – die Stimmung beim Meisterschaftsspiel gegen die West High z. B. war umwerfend! Alle waren gekommen, um die Jungs anzufeuern (SOGAR MS DARBUS!), und nach ihrem Sieg gab's 'ne Riesenparty!

CAFETERIA

Hier wirst Du ganz bestimmt oft sein! East-High-Schüler nehmen während ihrer Schullaufbahn in der Cafeteria Hunderte von Mahlzeiten zu sich. (ICH VERSUCH, SO OFT WIE MÖGLICH GEMÜSE UND SALAT ZU ESSEN, ABER DIE POMMES SIND ZU UNWIDERSTEHLICH!) **Hier trifft man sich auch mit Freunden, plant das nächste Wochenende oder hängt einfach nur gemütlich rum!**

DACHGARTEN

Hierhin kommen Troy und ich, wenn wir einmal die Wildcats, das Vorsingen und alle schulischen Leistungen vergessen wollen und uns einfach nur darüber freuen, dass wir uns haben. Es ist superfriedlich da oben – aber nicht verraten!

CHEMIELABOR

Vermutlich verbringst Du hier nicht halb so viel Zeit wie ich – falls Du nicht zufällig auch ein Naturwissenschaftsfreak bist!

TOILETTENVORRAUM

Hier ergibt sich so manche Gelegenheit, ernste Gespräche über die Jungs und das Leben zu führen. Oder vor dem Schulball um einen Spiegelplatz zu kämpfen!

VIEL ERFOLG ...

Im Unterricht, auf der Bühne oder im Sport, an der East High strengen sich alle an, um ihr Bestes zu geben ... fast immer!

DIE WILDCATS TRAINIEREN IN DER SPORTHALLE FÜRS NÄCHSTE SPIEL.

ICH GEBE ANDEREN SCHÜLERN NACH DEM UNTERRICHT OFT NOCH NACHHILFE.

Zusätzliche Trainingszeit fürs akademische Zehnkampfteam!

BESONDERS FLEISSIGE LERNEN AUCH IN DER CAFETERIA NOCH WEITER.

ALS VORSITZENDE DES CHEMIECLUBS IST TAYLOR NUR SCHWER AUS DEM LABOR WEGZULOCKEN.

Auch die Kulissen fürs Wintermusical erfordern harte Arbeit.

... UND VIEL SPASS!

Aber es gibt noch mehr im Leben als gute Noten! Unsere East-High-Gang schmeißt außerdem die heißesten Partys!

NACH DEM TRAINING VERSAMMELN SICH DIE WILDCATS OFT BEI TROY ZU HAUSE, UM DEN KÜHLSCHRANK ZU PLÜNDERN.

Die doppelte Meisterschaft der Wildcats war Anlass zu einer rauschenden Party!

Selbst im Klassenraum gibt es manchmal spontanes Chaos – zu Ms Darbus' Ärger!

WENN WIR GERADE NICHT IN DER SCHULE SIND, TREIBEN WIR UNS AM LIEBSTEN AUF EINER SCHÖNEN KARAOKE-PARTY RUM!

Ferienanfang! Wenn es vor der Sommerpause zum letzten Mal klingelt, geraten alle außer Rand und Band.

Selbst wenn wir alle mit Ferienjobs Geld verdienen mussten, hatten wir dabei doch auch jede Menge Spaß!

Wirklich, sehr beeindruckt!“ Sharpay warf den Kopf herum. „Nur eine Kleinigkeit, an die wir gestern Abend gedacht haben.“

Hinter ihnen strahlte Ms Darbus begeistert.

Der Choreograf klatschte in die Hände und rief: „Okay, jetzt bitte alle auf die Bühne. Ich zeige euch jetzt die Tanzschritte. Wir üben sie ein wenig, und dann teilt ihr euch fürs Vortanzen in Paare auf.“

Auf der Bühne kam Sharpay wieder neben Anneclaire zu stehen. Sie lächelte ihre Rivalin künstlich an und sagte: „Dein schwarzes Top ist ja ganz zauberhaft. Wie mutig von dir, dich für den Minimal-Look zu entscheiden. Und dein Make-up ist auch so ... unaufdringlich.“

Anneclaire zeigte Sharpay ein ebenso falsches Lächeln. „Danke. Ich glaube daran, dass eine wahre Künstlerin sich auf nichts als ihre Begabung verlassen sollte. Wie mein Schauspieltrainer immer zu sagen pflegt: Oft strahlen die schönsten Juwelen in einer einfachen Fassung am hellsten.“

Ms Darbus runzelte die Stirn. Ihr selbst konnten Kostüme, Requisiten und Kulissen gar nicht extravagant genug ausfallen.

„Das war an deiner kleinen Schule sicher auch nur allzu wahr", bemerkte Sharpay spitz. „Wir werden sehen, wie es am Broadway klappt."

„Ja, das wird sich zeigen", murmelte Anneclaire kampflustig.

Eine halbe Stunde später waren Sharpay und Ryan an der Reihe. Ryan machte seine Sache wie immer sehr gut, aber Sharpay übertraf sich wahrhaftig selbst: In ungeheurem Tempo wirbelte sie über die Bühne und bot nicht nur den Tanz, den sie gerade erst gelernt hatten, in harmonischer Perfektion dar, sondern schmückte ihn mit einigen Extraschritten aus, die sie sich am Abend zuvor eingeprägt hatte. Am Ende wurde sie vom versammelten Raum mit einem johlenden Applaus belohnt, der den Beifall vom Vortag deutlich übertraf, den Anneclaire bei ihrem Vorsingen geerntet hatte.

Strahlend vor Glück liefen Sharpay und Ryan die Treppe hinab, um neben Ms Darbus die restlichen Vortänzer zu begutachten. Zu jedem gaben sie leise ein Urteil ab.

„Zu steif", befand Ms Darbus.

„Zu ungeschickt", urteilte Sharpay.

„Hat die Schritte vergessen!" Ryan schüttelte ungläubig den Kopf.

„Ist mittendrin gestolpert!" Das schockierte alle drei.

Dann war Anneclaire an der Reihe. Als Partner hatte sie einen schlaksigen Jungen, der sich ständig das Haar aus den Augen streichen musste.

„Kein gutes Zeichen", flüsterte Ms Darbus. „Es ist schwer, mit einem Partner zu überzeugen, der einen nicht sehen kann."

„Na, was für ein Pech", freute sich Sharpay.

Aber schon nach fünf Takten war Sharpays Lächeln verschwunden.

Bei allem Mangel an Kostüm und Make-up mangelte es Anneclaire doch sichtlich nicht an

Begabung. Im Gegenteil, Sharpay musste zugeben, als sie mit wachsendem Entsetzen auf die Bühne starrte, dass Anneclaires simples Top die Präzision ihrer Darbietung tatsächlich noch unterstrich. Und dass ihr Partner nicht besonders gut war, war kein Nachteil für sie, da ohnehin niemand auf ihn achtete. Alle Augen ruhten auf ihr – und nur auf ihr.

Als Anneclaire von der Bühne trat, begleitete sie ein noch wilderer Beifall und lauterer Jubel. Würdevoll schritt sie den Gang entlang und bemerkte im Vorbeigehen zu Sharpay: „Dein Kostüm sah ja wirklich süß aus. Ich bin sicher, dass all die Perlen den Regisseur nur ganz wenig abgelenkt haben."

„Wie lang dauerte der 100-jährige Krieg zwischen England und Frankreich?"

Bsss! Taylors Hand traf mit Wucht auf den Knopf vor ihr. Mit so einer simplen Fangfrage konnte man sie nicht hereinlegen! „116 Jahre", antwortete sie überzeugt. „Von 1337 bis 1453."

„Korrekt!“, rief der Showmaster, ein flinker, rothaariger Mann mit blendendem Lächeln. „Nächste Frage: Mit welchem Instrument misst man die Windgeschwindigkeit?“

Winnie schlug auf ihren Knopf. „Mit einem Anemometer.“

„Korrekt. Nächste Frage ...“

„1450 erfunden“, fuhr Winnie fort.

Der Showmaster nickte. „Danke, aber du hast deine Punkte für die Antwort schon bekommen.“

„Von Leon Battista Alberti“, fuhr sie hartnäckig fort. „Er war ein italienischer Künstler und Architekt.“

Der Showmaster lächelte nicht mehr. „Danke. Bei der College-Quizshow gibt es keine Extrapunkte für ungefragt eingeworfene Informationen. Lasst uns das nicht vergessen“, knurrte er. „Nächste Frage: Wann wurde die Vorstellung vom Atom zuerst geäußert und von wem?“

Bsss! Chase war am schnellsten an seinem Knopf gewesen. „Etwa 450 v. Chr. von Leukipp von Milet.“

„Korrekt!" Der Showmaster schenkte seinem Publikum ein breites Lächeln. „Das wird knapp! Einen so dichten Punktestand hatten wir hier in der College-Quizshow wohl noch nie. Mal sehen, ob uns die nächste Frage weiterbringt. Wie hieß die erste Briefmarke der Welt, was war darauf zu sehen und wann wurde sie gedruckt?"

Gabriella schlug zu. „Das war die Penny Black, darauf zu sehen war ein Porträt von Königin Victoria, und sie kam 1840 in Umlauf."

Ihr Showmaster schüttelte ungläubig den Kopf. „Diese Teams sind echt auf Zack, Leute! Die Bisams haben 125 Punkte, die Wildcats schließen dicht auf mit 123 Punkten, und auch die Dragons sind mit 119 Punkten noch gut dabei. Nach der Werbung sehen Sie, wer das Rennen macht."

Kaum waren die Kameras aus, lehnte sich Gabriella zu Taylor hinüber. „Die sind richtig gut", flüsterte sie und nickte den anderen Teams zu.

„Das geht schon in Ordnung", erwiderte Taylor ungerührt, „solange wir nur besser sind!"

Sie sah Gabriella ernst an: „Du hast nicht wirklich Angst, oder?"

Bevor Gabriella antworten konnte, kam Joe schon mit seiner Kamera herbeigestürmt. Bert war ihm dicht auf den Fersen.

„Also", begann der Produzent, „ihr liegt zwar nur zwei Punkte zurück, aber eure Konkurrenz ist messerscharf! Wie fühlt ihr euch gerade?"

Gabriella lächelte herzlich. „Hervorragend."

„Wir sind genau da, wo wir hinwollten", fügte Taylor selbstbewusst hinzu.

„Aber die anderen Teams sind unglaublich stark! Seid ihr wirklich nicht ein bisschen nervös? Will eine von euch vielleicht in Tränen ausbrechen?", fragte der Produzent hoffnungsvoll.

„Keineswegs", entgegnete Gabriella entschieden. „Wir haben hier viel Spaß."

Als die beiden Männer enttäuscht abzogen, schloss Gabriella einen Moment die Augen und schluckte. „Hervorragend" hatte ihren Gefühlszustand nicht ganz wahrheitsgemäß wiedergegeben. „Total panisch" traf die Sache schon eher.

KAPITEL 7

Die Stimmung beim Abendessen war eher gedämpft. Mr Bolton und Ms Darbus hatten ihre Schüler in ein berühmtes italienisches Restaurant eingeladen. Sie hatten eigentlich jede Menge fröhliches Geplapper über das Vorsprechen, die Quizshow und die touristischen Attraktionen New Yorks erwartet.

Stattdessen murmelte Sharpay düster: „Wie konnte diese kleine Schlange mich nur übertreffen? *Mich!* Einen echten *Star!*“

Sharpay und Ryan waren beide zur nächsten Runde eingeladen worden, aber Anneclaire ebenfalls. Sharpay empfand das als schreiende Ungerechtigkeit. „Allein mein Kostüm hatte mehr Applaus verdient!“, beklagte sie sich.

Auch Gabriella und Taylor gingen zurückhaltend mit ihren Tageserlebnissen um. „Ich kann kaum glauben, dass Chase diese Frage über Kernfusion beantworten konnte! Ich hätte keine Ahnung gehabt, du?“

Taylor schüttelte den Kopf. „Nein, aber Chase und Sinclair bekommen auch schon ein Jahr lang jeden Tag Privatunterricht hierfür! Habe ich vorhin bei ihrem Interview mitbekommen.“

„Wirklich?“ Einen kurzen Moment lang taten die zwei Jungen Gabriella regelrecht leid. „Das hat sicher nicht viel Spaß gemacht.“

„Nein, aber es hat sie wirklich fit gemacht“, grummelte Taylor. „Die beiden sind so schlau, dass es wehtut.“

Troy und seine Teamkameraden berieten sich noch immer zum Basketballspiel vom Vormittag. „Wir konnten diese Typen wissen, was wir vorhatten, bevor wir es selbst wussten?“, wunderte sich Troy.

„Ich würde gern wissen, warum sie haushoch springen, blitzschnell rennen und uns jedes einzelne Mal den Ball abnehmen konnten“, meinte Chad kummervoll.

„Sie spielen nicht mal im Team“, fand auch Zeke. „Wieso waren die so gut?“

Mr Bolton mischte sich ein: „Worum geht es?“

„Wir haben heute in der Stadt ein Match gespielt“, erklärte Troy. „Und zu spüren bekommen, dass unsere Gegner etwas stärker waren als erwartet.“

Sein Vater fragte weiter. Als er hörte, wo sie gespielt hatten, brach er in lautes Gelächter aus. „Das glaube ich ja nicht! Ihr habt wirklich im Käfig gespielt? Ihr habt ja Nerven!“

Die Jungen sahen ihn überrascht an. „Wieso?“, fragte Chad.

„Das ist eine ganz berühmte Basketball-Talentschmiede. So mancher NBA-Star hat seine

Karriere im Käfig begonnen", erklärte Mr Bolton. „Nur die allerbesten Spieler der Stadt zeigen da ihr Können. Wenn ihr auch nur durchgehalten habt, könnt ihr darauf stolz sein."

Troy und Chad sahen sich an. „Hm ... ich bin nicht ganz sicher, ob wir das behaupten könnten", gab Troy zu.

„Tja, schätze, das war nicht ganz unser Stil", bemerkte Chad.

„Wir hätten vielleicht woandershin gehen sollen, wenn wir schon in New York Basketball spielen wollen", meinte Zeke beschämt. „Etwas in unserer eigenen Kragenweite."

„Aber nein", widersprach ihr Trainer, „da liegt ihr ganz falsch."

„Was soll das heißen?", wollte Jason wissen. „Die haben uns fertiggemacht."

„Ja, und das ist okay", lachte Mr Bolton. „Wenn ihr besser werden wollt, dann müsst ihr gegen Leute spielen, die besser sind als ihr. Lasst euch nie entmutigen, wenn ihr gegen solche Gegner verliert, denn nur so lernt ihr dazu."

Troy fühlte sich schon wesentlich besser. „Das könnte hinkommen“, sagte er.

„Ja, wenn wir jetzt gegen anderen Highschool-Mannschaften spielen, wird uns das nach dieser Blamage im Käfig nicht mehr schrecken können“, erkannte Zeke.

Inzwischen hörten ihnen die anderen alle zu. Selbst Ms Darbus nickte zustimmend.

„Das ist wahr“, sagte sie. Träumerisch sah sie zum Fenster hinaus. „Ich werde nie vergessen, wie ich für die Hauptrolle in ‚Starlight in Sandusky' vorgesprochen habe. Meine Konkurrentin hatte schon eine viel längere Ausbildung hinter sich, aber das hat mich nur noch mehr angespornt. Ich habe tief in mir Energien entdeckt, von denen ich gar nichts gewusst hatte, und kann seitdem immer von ihnen profitieren.“

Sie seufzte bei dieser Erinnerung glücklich. Dann fiel ihr wieder ein, wo sie war, und sie warf dem Trainer einen aufmunternden Blick zu. „Das haben Sie sehr hübsch gesagt, Mr Bolton – besonders, wenn man bedenkt, dass bei Ihnen alles darum geht, einen kleinen Ball durch die Sporthalle zu werfen."

Mr Boltons Miene schwankte zwischen Überraschung und Verärgerung, entschied sich aber letztlich für Freude über das ehrliche Lob. Es geschah ja nicht allzu oft, dass Ms Darbus überhaupt etwas Nettes über ihn zu sagen hatte.

Am nächsten Morgen gingen Troy, Chad, Zeke und Jason in einem berühmten Café frühstücken, in dem Zeke unbedingt die hausgebackenen Bagels probieren wollte. Dann kauften sie sich in einem Sportgeschäft einen Basketball, suchten sich einen leeren Hinterhof und trainierten eine Stunde lang, bevor sie zum Mittagessen nach Chinatown fuhren.

„Ich finde, wir spielen schon jetzt viel besser", verkündete Troy in der U-Bahn. „Chad hat sich nie schneller bewegt, und deine Drei-Punkte-Würfe waren fantastisch, Jason!"

„Ich stell mir immer wieder vor, dass Terence mich deckt", bekannte Chad. „Das wirkt immer!"

„Und ich stelle mir immer wieder vor, dass Max mir den Ball wegschnappt“, sagte Zeke. „Ich dachte, wenn ich so einen kleinen Ausweichschritt versuche, kann ich ihn vielleicht das nächste Mal davon abhalten. Jedenfalls will ich es probieren.“

„Aber wir haben nicht mehr viel Zeit in New York“, gab Jason zu bedenken.

Troy nickte. „Ich finde, wir sollten gleich morgen zum Käfig zurückgehen.“

Stille. „Morgen?“, fragte Chad zweifelnd. „Wirklich? Ich meine, ich war wirklich schneller, aber doch noch nicht schnell genug!“

„Ihr habt doch meinen Vater gehört“, erwiderte Troy. „Wir müssen uns immer wieder selbst herausfordern, wenn wir besser werden wollen. Solange wir wissen, dass wir genau das tun, macht es uns auch nichts aus, wieder zu verlieren.“

Nach einer kurzen Pause nickte Chad überzeugt. „Okay, ich bin dabei.“

„Ich auch“, fielen Jason und Zeke im Chor ein.

Troy grinste. „Ja super. Hier müssen wir raus. Hühnchen Kung-bao für alle geht auf mich!“

Als Sharpay zur letzten Vorsprechrunde im Theater erschien, sah sie sich gründlich im Raum um. „Sind ja nicht mehr allzu viele übrig“, sagte sie.

Ryan machte große Augen. „Und am Anfang waren es mehr als 200“, flüsterte er beeindruckt. „Seht es mal so“, meinte Ms Darbus. „Jetzt habt ihr viel weniger Konkurrenz.“

„Als ob irgendjemand hier eine echte Konkurrenz für mich wäre!“, giftete Sharpay.

„Nicht vergessen, heute geht es darum, wer die Rolle bekommt“, fuhr Ms Darbus fort. „Ich möchte also sehen, wie Sie da oben die Zuschauer auf jede Art und Weise betören, die Ihnen zur Verfügung steht. Und ich weiß genau, welche Arten und Weisen das sind.“

Ryan nickte ernst, aber Sharpay hörte gar nicht hin. Sie war lange aufgeblieben, um ihre Szene zu proben, und hatte in der Zwischenzeit viel nachgedacht. „Könnt ihr Anneclaire irgendwo entdecken?“, fragte sie. Ryan sah sich gehorsam im Raum um. „Nein, kein divenhaftes Supertalent am Horizont“, berichtete er. „Natürlich mit Ausnahme von dir.“

„Hm.“ Sharpay lächelte still vor sich hin. „Lasst es mich wissen, wenn ihr sie seht.“

Ihr Bruder sah sie halb neugierig und halb ängstlich an. „Warum? Was hast du denn vor?“

„Ach, ich habe nur einen kleinen Plan“, flötete Sharpay.

„Oh.“ Ryan nickte und hoffte, dass er dabei halbwegs wissend erschien, selbst wenn er keine Ahnung hatte, wovon sie sprach. Sharpays Pläne waren jedoch im Allgemeinen mit Vorsicht zu genießen ...

„Ihr werdet nun für die letzte Runde in Paare aufgeteilt“, verkündete der Regisseur. „Die Mädchen zeigen uns bitte die Cafeteriaszene und die Jungen die Szene im Umkleideraum. Alles klar? Das erste Paar sind: Sharpay Evans und June Lawson.“

„Entschuldigen Sie bitte, Mr Smith?“, meldete sich Sharpay zu Wort und lief an den Bühnenrand. Ryan und Ms Darbus sahen sich verwirrt an. Was hatte Sharpay nun wieder vor?

Sharpay flüsterte Mr Smith etwas ins Ohr. Er sah sie überrascht an, nickte aber achselzuckend.

„Na schön, dann eben so“, sagte er. „Unser erstes Schauspielerinnenpaar werden Sharpay Evans und Anneclaire Littlefield sein.“

Ryan blieb vor Verwunderung der Mund offen stehen. „Hat Sharpay eben gesagt, sie wollte mit *Anneclaire* zusammen vorspielen?“, fragte er verwirrt.

Ms Darbus nickte langsam und begann zu lächeln. „Ich denke schon. Das wird sicher interessant.“

Sharpay und Anneclaire saßen sich auf Klappstühlen gegenüber und klammerten sich an ihren Manuskripten fest.

„Die Wahl zur Homecoming-Queen wäre also vorbei“, las Anneclaire ab. Sie warf Sharpay ein schüchternes Lächeln zu und legte den Kopf ein wenig zurück. Selbst in den hinteren Zuschauerreihen konnten alle Anneclaires Körpersprache entnehmen, dass sie der anderen eine Art Waffenstillstand anbot.

„Ja, und ich kann immer noch nicht glauben, dass sie mich gewählt haben und nicht dich!" Sharpay klang noch ein wenig exaltiert, sie korrigierte sich aber rasch und legte in die nächste Textzeile mehr echtes Gefühl: „Du hast dich so furchtbar dafür angestrengt!"

Anneclaire seufzte. „Vielleicht zu sehr", sagte sie mit einem hörbaren Frosch im Hals. „Ich habe aus der ganzen Sache eine Menge gelernt. Darüber, was es heißt, zu gewinnen und zu verlieren ... und über die Freundschaft." Eine echte Träne kullerte ihre Wange hinab. „Tut mir leid, was ich dir alles angetan habe, als ich die Termine in deinem Kalender vertauscht und dir Lebensmittelfarbe ins Shampoo gemischt habe."

„Na ja, ich hätte vermutlich dasselbe getan, wenn ich nur darauf gekommen wäre!", gab

Sharpay mit einer überraschenden Portion Humor zurück und wurde durch leises Lachen im Zuschauerraum belohnt. Sie legte alle Ernsthaftigkeit und Überzeugung, die sie aufbringen konnte, in die nächste Zeile: „Ich verstehe gar nicht, warum wir erst jetzt merken, dass wir uns eigentlich ziemlich ähnlich sind."

Sie sah von ihrem Manuskript auf. Anneclaire sah ihr rundheraus in die Augen und nickte ihr fast unmerklich zu.

„Wir sind uns sogar *sehr* ähnlich", fuhr Sharpay fort, und die plötzliche Erkenntnis in ihrem Tonfall war keineswegs gespielt.

„Also, was ist?", fragte Anneclaire. „Waffenstillstand?"

„Waffenstillstand", willigte Sharpay ein.

Anneclaire lächelte ihr zu. „Na super. Und jetzt gehen wir uns endlich amüsieren!", rief sie.

Sharpay warf einen verwirrten Blick auf ihr Manuskript. Diese Zeile stand gar nicht darin ... *Ach so!* Sie sah Anneclaire ebenfalls an und lächelte zurück. „Klingt gut."

KAPITEL 8

„Und wie geht's uns? Sind wir alle bereit für die letzte Runde der College-Quizshow?“ Produzent Bert platzte mit Joe und seiner Kamera im Schlepptau in den Raum. Es war erst halb acht Uhr morgens, und schon wurden sie gefilmt.

„Aber sicher sind wir das“, antwortete Taylor und versuchte dabei möglichst wach zu klingen.

„Wie geht es euch jetzt, nachdem nur noch zwei Teams im Rennen sind?“, fragte Bert.

Chase und Sinclair grinsten sich an.

In der letzten Runde waren Winnie und Jan auf den dritten Platz verwiesen worden. „Wir sind bereit für unseren Sieg“, schloss Chase zuversichtlich.

„Die beiden Damen hier sind bestimmt ebenso klug wie liebreizend“, hielt Sinclair es für nötig zu ergänzen. „Aber ich glaube, wir können sie in der Blitzrunde schlagen. Dafür haben wir sechs Monate lang geübt.“

Bert bemerkte, wie wütend Taylor und Gabriella Sinclair anstarrten, als sie seinen herablassenden Kommentar hörten. Der Produzent rieb sich bei diesem willkommenen Zeichen offenen Zwistes die Hände und drängte sie weiter. „Gabriella, du siehst aus, als seist du heute gehörig auf dem Kriegspfad. Bist du bereit, diese Burschen in ihre Schranken zu weisen?“

Gabriella wäre beinahe eine scharfe Bemerkung entschlüpft, aber ihr fielen gerade noch rechtzeitig die laufenden Kameras ein. „Nun ja, ich werde mein Bestes tun“, sagte sie also nur höflich.

Bert war enttäuscht. „Taylor, wie sieht denn dein Schlachtplan aus, um das Team Bisam zu vernichten? Beim Literaturblock haben die beiden euch ja alt aussehen lassen. Was wollt ihr dagegen unternehmen?“

„Sie können die Daumen drücken, dass niemand mehr Faulkner erwähnt“, flüsterte Chase Sinclair hörbar zu.

Taylor kniff die Augen verärgert zusammen. „Da wir in den naturwissenschaftlichen und mathematischen Kategorien alle geschlagen haben und bei Geschichte gleich stark waren, mache ich mir um die paar Punkte für Literatur keine großen Sorgen“, erklärte sie freundlich.

Sinclair schüttelte in gespielter Trauer den Kopf. „Ich habe gehört, dass ihr euch erst vor ein paar Monaten entschieden habt, an der College-Quizshow teilzunehmen. Aber Chase und ich arbeiten schon zwei Jahre auf genau diesen Moment hin. Seit sechs Monaten verbringen wir jeden Tag zwei Stunden mit Üben. Wir lesen jeder vier Tageszeitungen täglich, damit uns keine Nachricht entgeht, und haben uns auf die Quizfragen mit einem eigens dafür angestellten Privatlehrer vorbereitet. Besser geht es nicht."

„Sehr beeindruckend", meinte Bert zu Gabriella, der das Lächeln immer schwerer fiel. „Was habt ihr dem entgegenzusetzen?"

„In der letzten Runde sind immer mehr Fragen zur Popkultur enthalten, was uns einen Vorteil verschafft", sagte sie ruhig. „Im Leben geht es schließlich nicht nur ums Lernen, richtig?"

Chase und Sinclair lachten laut auf. „Ja klar", erklärte Chase hochnäsig. „Redet euch das nur nachher auf dem Heimweg ein, ihr *Loser.*"

„Ich bin so wütend, dass ich ausspucken könnte!", zischte Taylor.

Sie und Gabriella durften sich endlich 15 Minuten lang auf die Endrunde vorbereiten. Beide versuchten, sich zu beruhigen. Gar nicht so leicht, da Taylor noch immer über Chase' und Sinclairs herablassende Bemerkungen erbost war und Gabriella bereits wieder die typischen

Schmetterlinge im Bauch spürte, die ihr das Lampenfieber immer bescherte.

„Wie können sie es wagen, so mit uns zu reden?“, rief Taylor.

„Merkst du denn nicht, dass sie uns nur provozieren wollten?“, erklärte Gabriella geduldig. „Damit wir uns nicht mehr konzentrieren können und dadurch wertvolle Punkte einbüßen. Nicht weil sie schlauer sind als wir, sondern weil wir sie zu ernst nehmen!“

Taylor holte tief Luft und stieß sie langsam wieder aus. „Du hast recht. Ich weiß das ja. Und dieser fiese Produzent wollte das Ganze immer noch anheizen.“

Gabriella nickte. „Ich bin froh, dass wir Chase und Sinclair nicht vor laufender Kamera beleidigt haben“, sagte sie. „Obwohl sie so gemein zu uns waren. Es ist immerhin nur eine Quizshow.“

Aber Taylor war noch nicht überzeugt. „Die Typen haben viel länger gelernt als wir“, stellte sie fest. „Dass sie mit ihrer Angeberei total nerven, bedeutet ja nicht, dass sie unrecht hatten.“

„Stimmt schon." Gabriella nickte langsam. „Selbst beim akademischen Zehnkampf war ich immer davon überzeugt, dass wir eine Chance auf den Sieg hatten. Aber diese beiden sind viel härtere Gegner."

„Und sie lesen nicht nur vier Zeitungen am Tag, sondern haben auch noch einen *Privatlehrer* angeheuert." Taylor begann zu hyperventilieren. „Wie verrückt ist das denn? Sie wollen eben dringender gewinnen als wir; so sieht's doch aus."

„Nein." Gabriellas Stimme blieb fest. „Wären sie sich ihres Sieges so sicher, dann müssten sie nicht diese Spielchen mit uns spielen. Und denk doch dran, was Mr Bolton gesagt hat: Gegen jemanden anzutreten, der besser ist als man selbst, hilft einem dazuzulernen. Außerdem, Taylor ..." Sie zwinkerte ihrer Freundin zu. „Unter uns gesagt, wir sind ziemlich gut."

Im Palace Theater war die Nervosität auf dem Siedepunkt. Alle Finalisten hatten sich vor der Bühne versammelt, um das Ergebnis des Vorsprechens zu erfahren. Wer von ihnen würde bald sein Broadwaydebüt feiern können? Und wer würde tatenlos dabei zusehen müssen? Alles hielt den Atem an, als Mr Smith nach vorne zur Bühne kam, um die endgültige Besetzung zu verkünden.

Aus dem Augenwinkel sah Sharpay Anneclaire in den Kulissen warten. Sharpay zögerte nur kurz, dann ging sie zu ihr hinüber.

„Tja, das war's jetzt also fast", erklärte sie. „Ich hätte nie gedacht, dass ich das zu irgendjemandem sagen würde, aber ich finde, du bist fast so talentiert wie ich."

„Komisch, genau dasselbe wollte ich gerade zu dir sagen", lachte Anneclaire. Dann setzte sie ernster hinzu: „Vielleicht haben wir einfach gleich viel Begabung."

Sharpay dachte kurz darüber nach und nickte dann. „Dein extra choreografierter Tanz war richtig toll", gab sie zu.

„Und dein Kostüm war total originell", gab Anneclaire großzügig zurück.

„Wir sollten eigentlich zusammenhalten“, bemerkte Sharpay ein wenig unsicher auf diesem ungewohnt versöhnlichen Terrain. „Es gibt ja sonst nicht so viele Darsteller von unserem Kaliber.“

Anneclaire nickte. „Dreifache Herausforderung“, sagte sie, „schauspielern, tanzen und ...“

„Singen!“, fiel Sharpay ein. „Ich bin außerdem auch noch Produzentin“, warf sie wie nebenbei ein.

„Wirklich? Das habe ich noch nie probiert“, antwortete Anneclaire.

„Ach nein?“ Sharpay klang erfreut. „Na ja, es ist unheimlich anstrengend, mit Leuten zu arbeiten, die nicht an *unseren* Standard herankommen, aber es macht auch Spaß.“

„Genauso denke ich auch über meine Regiearbeiten“, sagte Anneclaire.

Sharpay biss sich ärgerlich auf die Unterlippe. Musste dieses Mädchen immer noch einen draufsetzen? Aber dann fiel ihr ein, wie sehr sie der Wettbewerb mit Anneclaire angespornt hatte und wie viel leichter es war, mit einer begabten Partnerin aufzutreten.

„Ich wollte auch immer gern Regie führen“, sagte sie also wahrheitsgemäß. „Darüber würde ich mich gerne einmal mit dir unterhalten."

In diesem Moment trat Mr Smith auf die Bühne, um die Sieger zu verkünden ...

* * *

„Wieder eine dreiteilige Frage“, sagte der Quizmaster. „Welches ist der größte Kontinent der Welt? Welche Theorie besagt, dass alle Kontinente einmal als Landmasse zusammenhingen? Und wie nennt man diesen Superkontinent?“

Gabriella schlug auf ihren Knopf. „Asien, Kontinentaldrift und ...“ Auf einmal schien ihr Gedächtnis wie leer gefegt.

„Pangäa“, sprang Taylor schnell ein.

„Alles korrekt!“, rief der Quizmaster.

„Danke“, flüsterte Gabriella Taylor zu.

„Kein Problem.“

Taylor grinste Chase und Sinclair an, die düster zu ihnen herüberstarrten.

„Nächste Frage, wieder in drei Teilen: Welche Stadt erreichte als erste eine Bevölkerung von über einer Million? Wann ereignete sich dieser Meilenstein? Und welche Stadt erreichte die Grenze als zweite?“ Er hatte das letzte Wort noch nicht ganz ausgesprochen, da hatte Chase schon auf seinen Knopf gedrückt. „Das alte Rom, 5 v. Chr. und London“, leierte er hinunter und fügte noch hinzu: „London kam erst um 1800 bei einer Million an.“

„Alle drei Fragen korrekt, keine Extrapunkte für die ungefragte Information“, rief der Quizmaster und blitzte Chase böse an.

„Nächste Frage: Ich lese euch die ersten Sätze aus einer Reihe literarischer Klassiker vor. Nennt mir Titel und Autor des Buches. Fertig? ‚An einen Spaziergang war an diesem Tag nicht zu denken.‘“

Bsss! „‚Jane Eyre‘ von Charlotte Brontë“, antwortete Sinclair und grinste Taylor an.

„Korrekt. ‚Nennt mich Ismael.'"

Bsss! „‚Moby Dick' von Herman Melville", antwortete Taylor und grinste zurück.

„Richtig. ‚Weihnachten wäre nicht Weihnachten ohne Geschenke.'"

Bsss! „‚Betty und ihre Schwestern' von Louisa May Alcott", kam es von Gabriella.

„Korrekt. ‚Marley war tot, damit wollen wir anfangen.'"

Bsss! „‚Eine Weihnachtsgeschichte' von Charles Dickens", erwiderte Chase.

So ging es Frage für Frage weiter. Kaum hatten die Wildcats ein paar Punkte Vorsprung, zog Team Bisam nach. Wenn sich die Bisams durch eine Glückssträhne hervortaten, wurden sie nur kurz darauf von den Wildcats wieder überholt. In der letzten Minute der letzten Runde waren alle, einschließlich des üblicherweise gelassenen Quizmasters, schweißgebadet.

„Ich glaube nicht, dass wir bei der College-Quizshow je zuvor ein derart knappes Ergebnis hatten", verkündete er. „Es steht 117 zu 117

Punkte. Es bleibt noch Zeit für eine letzte Frage. Und hier kommt sie. Die Frage aller Fragen. Die Gewinner bekommen je ein 10 000-$-Stipendium. Die Verlierer bekommen College-Quizmaster-Sweatshirts. Seid ihr bereit?"

Chase und Sinclair sahen voller Selbstvertrauen in die Kameras.

Gabriella und Taylor nickten leicht.

„Und hier kommt sie. Die letzte Dreiteiler-Frage: Michael Jordan gilt als der beste Basketballspieler aller Zeiten. Für welche Mannschaft spielte er in den 90er-Jahren, wie viele Meisterschaften gewann dieses Team und welchen anderen Profisport betrieb Jordan?"

Chase und Sinclair kam jegliches Überlegenheitsgebaren abhanden. Sie wechselten einen nervösen Blick und schwiegen.

Gabriella aber lächelte stolz, als sie auf ihren Knopf schlug.

„Seht mal, wer sich da noch einmal Prügel einstecken möchte!", rief Reggie.

Troy, Chad, Zeke und Jason wurden im Käfig von denselben vier Spielern, mit denen sie es schon einmal zu tun gehabt hatten, mit ungläubigem Lächeln empfangen.

„Ich hätte gedacht, ihr wartet noch ein wenig, bevor ihr es wieder mit uns aufnehmt", sagte Terence.

„Ja, so etwa ein Jahrhundert lang", spottete Reggie.

Aber Troy lächelte bloß. „Ihr Jungs habt ein paar klasse Züge drauf", sagte er anerkennend. „Die würden wir uns einfach gern noch einmal ansehen."

Terence zuckte die Achseln.

„Na schön", willigte er ein. „Ihr sollt euer Spiel bekommen."

Troy wandte sich leise an seine Mitspieler: „Also, wir bleiben ganz ruhig und spielen unser Spiel."

„Genau", bestätigte Chad mit entschlossener Miene. „Wir müssen uns nur aufs Spiel konzentrieren."

Und das war lange Zeit das Letzte, was sie sagen konnten, weil alles ebenso blitzschnell ablief wie beim letzten Mal. Bongo erzielte Drei-Punkte-Würfe in Folge, Terence gelang ein schwerkraftzersetzender Sprungwurf nach dem anderen, Max stahl sich ständig den Ball – aber es gab einen Unterschied. Die Wildcats rechneten diesmal damit. Sie ließen sich nicht aus der Ruhe bringen, und wenn das Spiel zu schnell für sie wurde, machten sie absichtlich langsamer, sodass ihre Gegner sich anpassen mussten.

Nach einer halben Stunde legten sie eine Pause ein. Die schwitzenden Wildcats versammelten sich am Spielfeldrand.

„Sie haben immer noch doppelt so viele Punkte wie wir", begann Chad keuchend.

„Eine deutliche Verbesserung – gegenüber dem letzten Mal mit 100 zu 1!", erinnerte Jason.

„Und das hier läuft viel besser", meinte Zeke. „Wir behaupten uns nicht schlecht."

Troy nickte. Es stimmte. „Manchmal erkennen wir ihre Taktik früh genug, um zu reagieren", meinte er. „Ist euch das aufgefallen? Versuchen wir doch einmal Folgendes ..."

Zum Ende des Spiels war es den Wildcats tatsächlich gelungen, ihre Gegner einige Male zu überraschen. Chad war ein ungehinderter Korblauf gelungen, Troy hatte Reggie getäuscht und den Ball an ihm vorbei in den Korb befördert, und Zeke und Jason hatten etliche von Terence' Sprungwürfen durch eine verbesserte Verteidigung verhindert.

Danach streckte Terence Troy die Hand hin. „Feines Spiel heute", sagte er anerkennend. „Respekt."

„Danke." Troy schüttelte ihm lächelnd die Hand. „Und danke auch für das Spiel. Wir haben viel von euch gelernt."

„Ja", meinte auch Reggie augenzwinkernd, „ist mir aufgefallen. Gut, dass ihr bald nach Hause fahrt, sonst würdet ihr uns hier bald noch gefährlich werden."

Lachend zogen sie sich vom Platz zurück.

KAPITEL 9

An ihrem letzten Abend in New York warfen sich alle in ihre feinsten Outfits und nahmen ein Taxi zum Palace Theater. Dort bahnten sie sich einen Weg durch die Menge und kämpften sich zu ihren Plätzen vor. Mit kaum verhohlener Ungeduld warteten alle darauf, dass das Stück begann. Und schließlich ging das Licht aus und der Vorhang hoch ...

Sharpay und Anneclaire standen mitten auf der Bühne. Um sie herum waren zwei Dutzend weitere Teenager versammelt, unter anderem auch Ryan. Die Wildcats jubelten ihnen laut zu, und Sharpay gönnte ihnen ein kleines Lächeln. Doch dann setzte die Musik ein, und die erste Musicalnummer begann.

Die nächsten zwei Stunden lang kam keine Minute Langeweile auf. Die einmalige Sonderbesetzung von *Das letzte Läuten* gab an diesem Abend alles. Kaum war der letzte Vorhang gefallen, war jeder im Zuschauerraum aufgesprungen und tanzte ausgelassen zum letzten Song.

Als die Darsteller herauskamen und sich verbeugten, lief Ms Darbus sogar noch zur Bühne vor und warf Sharpay einen Blumenstrauß zu.

„Brava!“, rief sie laut. „Brava und bravo – an Sie alle!“

Zeke holte seine Kamera hervor und machte so viele Fotos von Sharpay wie nur möglich, bevor die Darsteller schließlich die Bühne verließen. „Stellt euch nur vor“, sagte er verträumt, „ich war bei Sharpay Evans’ Broadwaydebüt dabei!“

Hinter der Bühne umarmten sich Sharpay und Ryan begeistert, dann umarmten sie Anneclaire und schließlich auch alle anderen in Reichweite. Als die Wildcats sich zur Garderobe durchgeschlagen hatten, wurden auch sie mit großzügigen Umarmungen bedacht. In all der Aufregung gelang es Zeke sogar, zweimal von Sharpay umarmt zu werden.

Bevor sie alle das Theater verließen, wandte sich Sharpay noch einmal an Anneclaire. „Hier ist meine E-Mail-Adresse“, sagte sie. „Sag mir Bescheid, wenn du das nächste Mal auftrittst.“

„Danke“, erwiderte Anneclaire. „Ich schicke dir gerne ein paar Bilder und Rezensionen.“ Dann fiel ihr aber noch etwas ein, und sie grinste schief: „Und *deine* Rezensionen lese ich natürlich auch gerne.“

Sharpay grinste ebenso schief zurück.

* * *

„Schwer zu glauben, dass wir schon wieder nach Hause müssen“, sagte Gabriella zu Taylor. Alle versuchten, vor dem Theater ein Taxi zum Anhalten zu bewegen, das sie zurück ins Hotel bringen würde.

„Aber wir fahren mit stipendiengefüllten Taschen nach Hause“, erinnerte Taylor sie. Dann musste sie kichern. „Nicht zu vergessen mit der Erinnerung an den Ausdruck im Gesicht dieser beiden Angeber, als du die letzte Frage beantwortet hast! Woher wusstest du das nur alles?“

Gabriella deutete in Troys Richtung. „Ich hatte auch einen Privatlehrer“, scherzte sie. „Und der hat mir alles über Basketball beigebracht.“

„Na, du bist jedenfalls eine gute Schülerin“, lobte Taylor sie aufrichtig. „Dass du dir all dieses Zeug über Michael Jordan tatsächlich gemerkt hast und es in letzter Sekunde aus dem Ärmel schütteln konntest!“

Gabriella sah zu Troy hinüber. „Du musst mir alles von eurem Wiederholungsspiel im Käfig erzählen“, sagte sie laut.

Troy wandte sich ganz ihr zu.

„Wir könnten ja vielleicht heute Abend spazieren gehen", schlug er vor. „Nur wir zwei?!"

„Der ideale Abschluss für unsere Fahrt", stimmte ihm Gabriella zu.

In diesem Moment kamen zwei Taxis genau vor ihnen zum Stehen. „Na los, vorwärts!", ermunterte sie Mr Bolton.

„Nein, wartet noch!" Zeke zog noch einmal die Kamera hervor. „Stellt euch mal alle als Gruppe zusammen."

Alle schlangen rasch die Arme um ihre Nachbarn, und alle strahlten in die Kamera, die Zeke Ms Darbus für ein Gruppenfoto aushändigte.

Und als der Auslöser klickte, musste sich niemand besonders anstrengen, für das Foto fröhlich auszusehen. Denn ihre bislang schwerste Prüfung hatten ja alle heil überstanden – im besten New Yorker Stil.

Bald gibt es Neues!
Der nächste Band mit Abenteuern von der East High wartet bereits:

VON HERZ ZU HERZ

von Helen Perelman

Nach dem Film *High School Musical*
Drehbuch von Peter Barsocchini

In der Aula der East High fanden sich die Schüler unter großem Trubel zur Montagsversammlung ein. Als Gabriella Montez hereinkam, war es so laut, dass sie ihre Freundin Taylor McKessie kaum verstehen konnte.

„Was hast du gesagt?“, fragte sie und beugte sich zu Taylor vor.

„Ich sagte“, wiederholte Taylor nun lauter, „dass ich es unglaublich finde, dass wir für das hier den Chemiekurs verpassen." Sie schmiegte ihr Chemiebuch an sich. „Ich *liebe* Chemie."

Gabriella lächelte. Die meisten Schüler waren froh, dass sie wegen einer Versammlung frei hatten, aber Taylor war eben anders. Sie stand dem akademischen Zehnkampfteam der East High School vor. Sie lernte für ihr Leben gern, vor allem Naturwissenschaften.

„Liebe Schüler, bitte suchen Sie sich einen Platz." Die Stimme des Schuldirektors Mr Matsui hallte aus den Lautsprechern. Er stand auf der Bühne und unterstrich seine Aufforderung mit ausladenden Gesten. Dann ging er wieder ans Mikrofon heran. „Wir möchten jetzt gerne anfangen."

„Hey, Taylor, hey, Gabriella!", rief Martha Cox aus der fünften Reihe. Martha war auch im Zehnkampfteam und hatte ihnen Plätze frei gehalten. Sie räumte ihre Jacke und ihre Tasche von den Sitzen und winkte sie zu sich.

„Danke", sagte Taylor und setzte sich.

„Hallo", meinte Gabriella leicht abwesend.

Wo war ihr Freund Troy? Vielleicht hatte er ja auch einen Platz für sie frei gehalten! Sie wollte unbedingt mit ihm sprechen. Sie hatten zwar erst gestern Abend telefoniert, aber mit ihm gab es immer so viel zu erzählen!

„Guten Morgen, liebe Schülerinnen und Schüler“, sagte der Direktor.

Endlich hatten auch die Letzten einen Platz gefunden. Es wurde ruhiger in der Aula.

„Herzlich willkommen zu dieser Sonderversammlung. Es geht nicht um die nächsten Prüfungen, sondern um den Valentinstag.“

„Der Valentinstag ist eine echte Prüfung!“, rief ein Schüler.

Schallendes Gelächter ertönte.

Gabriella drehte sich um. Der Kommentar kam möglicherweise von Chad Danforth. Er war nicht nur ein hervorragender Basketballer, sondern riss auch ständig Witze. In einer der letzten Reihen entdeckte sie ihn. Er lachte mit seinen Teamkumpels. Troy war auch dabei. Als sie sich gerade wieder umdrehen wollte, fing er ihren

Blick auf. Sie wurde rot und winkte ihm unauffällig zu. Er nickte und lächelte sie strahlend an.

Durch Chads Witz waren die Schüler wieder unruhig geworden, und Mr Matsui musste sie noch einmal zur Ordnung rufen. Er näherte sich dem Mikrofon. „Die Herzstiftung sammelt wie jedes Jahr am Valentinstag Spenden. Um alle zu motivieren, wird wie immer ein Wettbewerb zwischen den Schulen ausgerufen. Und nun ist Ihr Einsatz gefragt."

Gabriella drehte sich wieder um. Troy spielte geistesabwesend mit seiner Kapuzenkordel. Träumerisch lächelte Gabriella vor sich hin. „Vielleicht wird der Valentinstag in diesem Jahr tatsächlich etwas Besonderes", dachte sie und setzte sich wieder gerade hin. Als sie wieder zur Bühne schaute, fragte sie sich, ob Troy wohl dasselbe dachte wie sie.

Mr Matsui fuhr fort. „In diesem Jahr wird Sharpay Evans die Leitung der Spendenaktion übernehmen. Sie informiert Sie jetzt über die Einzelheiten. Applaus für Sharpay."

Sie warf einen Blick auf die rosafarbenen Notizzettel, die sie am vorigen Abend sorgfältig zusammengestellt hatte. Die Organisatorin der Spendenaktion zum Valentinstag zu sein war eine große Verantwortung und eine Ehre.

„In diesem Jahr haben wir uns zum Ziel gesetzt, den höchsten Spendenbetrag im ganzen County zu sammeln. Ich habe einen Plan erstellt, mit dem wir dieses Ziel erreichen können." Sharpay blickte von ihren Notizen auf und lächelte strahlend. „Jeder Club denkt sich eine Spendenaktion aus und führt diese in der Valentinswoche durch. Wenn wir alle an einem Strang ziehen, können wir die West High übertreffen!"

Mr Matsui räusperte sich und trat einen Schritt vor.

„Ich meinte, auf diese Weise können wir möglichst viel Geld für die Herzstiftung sammeln", verbesserte sich Sharpay. Sie hatte die West High einfach erwähnen müssen. Die rivalisierende High School hatte den Wettbewerb schon fünf Jahre in Folge gewonnen. Sharpay als neue Verantwortliche würde dafür sorgen, dass sich das ab sofort änderte.

„Der Dramaclub wird die Blumenlieferung in die Kursräume am Valentinstag organisieren. Ab Montag könnt ihr die Bestellungen aufgeben.“ Sharpay hielt inne und schaute ihre Mitschüler an. „Denkt dran, Wildcats, am nächsten Freitag ist Valentinstag!“

„Und nicht nur das, wir spielen auch gegen die South High!“, blökte Chad von hinten. Die anderen lachten.

Sharpay lächelte und hob die Hand, um die Versammlung zum Schweigen zu bringen. „Jetzt möchte ich mit der Unterstützung meiner Freunde ein Lied vorstellen. Es heißt *Flowers* und soll unsere Gefühle für den Valentinstag zum Ausdruck bringen.“

Auf Sharpays Zeichen hin betrat Kelsi Nielsen, die begabteste Pianistin und Komponistin der Schule, die Bühne. Sie schob ein Klavier vor sich her. Ryan sprang von seinem Sitzplatz auf und gesellte sich zu Sharpay. Die drei hatten den Song mit Tanzeinlagen schon gut geprobt, und Ryan liebte das Stück. Natürlich nahm ein begeisterter Darsteller wie er auch jede Gelegenheit wahr, um vor den anderen tanzen und singen zu können.

Kelsi spielte die ersten Akkorde, während Sharpay und Ryan das Podium zur Seite schoben. Sie nutzten für ihre Choreografien bevorzugt die Mitte der Bühne.

Ryan nahm seine Position ein und lächelte die Versammlung an. Dann schob er sich seine rote Mütze über die Augen.

„*How do you say you're special to a friend? What gives you the power?*", sang Sharpay.

„*A flower!*", sang Ryan zur Antwort.

„*Yes*", rief Sharpay in perfekter Tonhöhe. „*Send a flower and make a donation to the United Heart. You'll be doing your part!*"

Gabriella wandte sich noch einmal zu Troy um. Er verdrehte demonstrativ die Augen und hielt sich die Ohren zu.

Die Darbietung endete mit einer kurzen Stepptanzeinlage und einer Pirouette. Ryan und Sharpay verharrten dann in der letzten Position und warteten auf ihren Applaus. Er fiel zögernd aus und kam hauptsächlich von den Mitgliedern der Theatergruppe in der ersten Reihe. Und natürlich von Ms Darbus, der Schauspiellehrerin, die immer für Gesangseinlagen zu haben war.

Der Rest der Versammlung stöhnte.

„O nein“, murmelte Taylor genervt.

„O doch!“, kicherte Gabriella.

„Die brauchen dringend ein paar neue Schritte“, sagte Martha. Martha stand auf Hip-Hop und war ebenfalls eine gute Tänzerin.

Der Schuldirektor betrat wieder das Podium und ergriff das Mikrofon. „Danke, Sharpay, Ryan und Kelsi, für diese aussagekräftige Nummer. Ich hoffe, dass sich nun alle Schüler überlegen, was sie zu dieser besonderen Schulveranstaltung beitragen können.“

Es klingelte, und die ersten Schüler standen langsam auf.

„Bitte geben Sie die Information in der nächsten Stunde weiter", rief der Direktor. „Vor dem Sekretariat wird ein Anmeldezettel ausgehängt. Ich fordere jeden Club ausdrücklich dazu auf, an dem Wettbewerb teilzunehmen. Danke, East High!"

Taylor nahm ihren Rucksack und stand auf. „Sharpay glaubt wohl, es geht dabei um sie. Tja, dieses Jahr wird das Zehnkampfteam die größte Geldsumme sammeln. Wir treffen uns zum Glück direkt nach der Schule."

Gabriella sah sie skeptisch an. Eine Menge toller Leute, die sich hervorragend mit Zahlen und Fakten auskannten, machten im Zehnkampfteam mit. Aber was wussten die schon von Romantik?

„Okay, Leute", sagte Taylor bei der Versammlung nach der Schule. „Wir können es schaffen. Wir brauchen nur eine einzige richtig gute Idee."

Das Team hatte sich in einem Klassenraum versammelt, um zu überlegen, wie sie Spenden sammeln konnten. Den ganzen Tag war auf den Gängen vom kommenden Wettbewerb die Rede gewesen.

„Wir sind Forscher“, sagte Taylor. Sie schaute jedes einzelne Teammitglied an. „Wir gehen das Problem mit Logik und Hirnschmalz an, und wir verlassen uns auf bewährte wissenschaftliche Methoden.“

„Die Liebe ist doch keine Wissenschaft“, gab Martha zu bedenken.

Die anderen nickten.

„Wir brauchen nur eine gute Idee“, wiederholte Taylor. „Blumen auszuliefern ist nicht die einzige Methode, um an Geld zu kommen.“ Sie stand auf und wanderte auf und ab.

„Das Blumenschenken ist aber eine uralte Tradition“, warf Timothy Martin ein. „Der Austausch landwirtschaftlicher Produkte als Balzritual hat eine lange Geschichte.“

„Da hat er recht“, sagte Gabriella. Sie wollte Taylor nicht kränken, aber sie musste zugeben, dass Sharpay sich die beste Idee für das

Spendensammeln gesichert hatte. Sie mussten sich schon etwas einfallen lassen, um damit konkurrieren zu können.

„Vielleicht sollten wir mal abseits des Üblichen denken“, sagte Martha. Sie schaltete ihren Laptop ein. „Recherchieren wir ein bisschen über den Valentinstag.“

Schon bald vertieften sich alle in Texte, die Martha aus dem Internet ausgedruckt hatte. Gabriella befasste sich genauer mit Infos zu dem romantischen Feiertag. Aber ihre Gedanken schweiften zu der Frage ab, was ihr selbst der Valentinstag bedeutete. Sollte sie Troy ein Geschenk kaufen? Und wenn ja, was?

Taylor ging zur Tafel. „Die Geschichte hilft uns nicht“, erklärte sie und griff nach einem Stück Kreide. „Wir sollten mathematisch an die Sache herangehen. Wenn Z gleich Liebe und Y gleich Valentinstag ...“ Sie schrieb ihre „Gleichung“ an die Tafel. „Dann müssen wir die Gleichung nur nach X auflösen. Das Problem lautet also nur X gleich Z minus X!“

„Aber die Frage ist doch, was ist X?", warf Martha ein.

„Und wie viel können wir mit X einnehmen?", ergänzte Taylor.

„Hat sonst noch jemand Hunger?", stöhnte Timothy.

Gabriella lächelte ihm aufmunternd zu. Dann sagte sie: „Meine Mutter sagt immer, Liebe geht durch den Magen."

Taylors Miene hellte sich auf. „Das ist es!" Sie stürzte auf Gabriella zu und umarmte sie. „Gabriella", jauchzte sie, „du bist unschlagbar! Wirklich unschlagbar!"

Gabriella lächelte, aber sie fragte sich, womit in aller Welt sie Taylor eigentlich derart begeistert hatte.

HSM TRAUMTALENTE

Meiner Meinung nach schlummert in uns allen eine Begabung, die nur darauf wartet, entdeckt zu werden. Denkt nur mal daran, wie Troy Bolton uns alle mit seiner Darbietung beim Wintermusical überrascht hat oder wie die schüchterne Kelsi Nielsen sich herausgemacht hat, seit ihre Kompositionen bekannt geworden sind! Die Talente sind eben nur nicht bei allen so offensichtlich zu erkennen wie bei Sharpay Evans und Taylor McKessie ...

Ob es ums Körbewerfen geht oder ums Tanzen – jeder hat einen Traum und ein Ziel für die Zukunft. Meins ist es beispielsweise, jedem Schüler und jeder Schülerin an der East High zur besten Entfaltung seiner Möglichkeiten zu verhelfen.

BALLJUNGEN, DRAMA QUEENS UND SUPERHIRNE

Wenn Du an die East High School gehen würdest, wo würdest Du hingehören? Mit wem würdest Du abhängen? Welche Leute wären Deine Freunde?

DIE BALLJUNGEN

Hauptverdächtige: TROY BOLTON, CHAD DANFORTH, ZEKE BAYLOR, JASON CROSS

Gehen nie aus dem Haus ohne: EINEN BASKETBALL

Sind wo zu finden? BEIM TRAINING IN DER SPORTHALLE

DIE DRAMA QUEENS

Hauptverdächtige: SHARPAY, RYAN EVANS UND IHRE FREUNDE

Gehen nie aus dem Haus ohne: ETWAS IN PINK

Sind wo zu finden? BEIM PROBEN IN DER AULA

DIE SUPERHIRNE

Hauptverdächtige: GABRIELLA MONTEZ, TAYLOR MCKESSIE UND DAS AKADEMISCHE ZEHNKAMPFTEAM

Gehen nie aus dem Haus ohne: MINDESTENS EIN LEHRBUCH

Sind wo zu finden? BEIM BEOBACHTEN EINES BRODELNDEN REAGENZGLASES IM CHEMIELABOR

WÄRE ICH AN DER EAST HIGH ...

In jeder Reihe das Zutreffende ankreuzen

Meine beste Freundin wäre:

GABRIELLA ☐ SHARPAY ☐ TAYLOR ☐ KELSI ☐

Mein großer Schwarm wäre:

TROY ☐ CHAD ☐ ZEKE ☐ RYAN ☐

Ich würde folgenden Clubs beitreten:

WILDCATS CHEERLEADER ☐ DRAMA-CLUB ☐ CHOR ☐ AKADEMISCHES ZEHNKAMPFTEAM ☐

Ich wäre meistens in der/im:

CAFETERIA ☐ AULA ☐ SPORTHALLE ☐ DACHGARTEN ☐

Mein Lieblingslehrer/-lehrerin wäre:

MS DARBUS (DRAMA) ☐ MR BOLTON (BASKETBALL) ☐ MR MATSUI ☐ MS BARRINGTON (ENGLISCH) ☐

Mein Lieblingsereignis des Schuljahres wäre:

WINTER-MUSICAL ☐ AKADEMISCHER ZEHNKAMPF ☐ BASKETBALL-MEISTERSCHAFT ☐ TALENT-SHOW ☐

EAST-HIGH-ZEUGNISSE

East High School
Zeugnis für das Halbjahr bis: Juli
Name: Gabriella Montez

Bewertung: Gabriella, die erst Anfang dieses Jahres zu uns gekommen ist und der es zu diesem Zeitpunkt noch deutlich an Selbstvertrauen mangelte, hat mich mit ihrer Entschlossenheit und ihrem Ehrgeiz tief beeindruckt. Sie ist eine fleißige, sehr vernünftige Schülerin mit Bestnoten in allen Hauptfächern. Zusätzlich war sie erfolgreich in zahlreichen außerschulischen Aktivitäten engagiert, etwa beim akademischen Zehnkampf und beim Schulmusical. Ich bin mir sicher, Gabriella hat eine strahlende Karriere vor sich.

Ms Barrington

East High School
Zeugnis für das Halbjahr bis: Juli
Name: Sharpay Evans

Bewertung: Sharpay besitzt eine außerordentliche natürliche Begabung fürs Schauspielfach und die darstellenden Künste. Ihre Stimme trägt stets hervorragend (auch außerhalb der Bühne), und ihre Rolleneignung ist bemerkenswert vielfältig. In der diesjährigen Winteraufführung bekam sie die Hauptrolle nicht, erkannte diese Entscheidung aber fair an und konnte sich gleich danach schon für einen Broadwayauftritt qualifizieren! Sie zu unterrichten, ist eine Freude!

Ms Darbus

TAGTRÄUME

Die East-High-Schüler fragen sich oft, was das Leben wohl für sie bereithalten mag. Wirf einen Blick in ihre geheimsten Träume ...

GABRIELLA

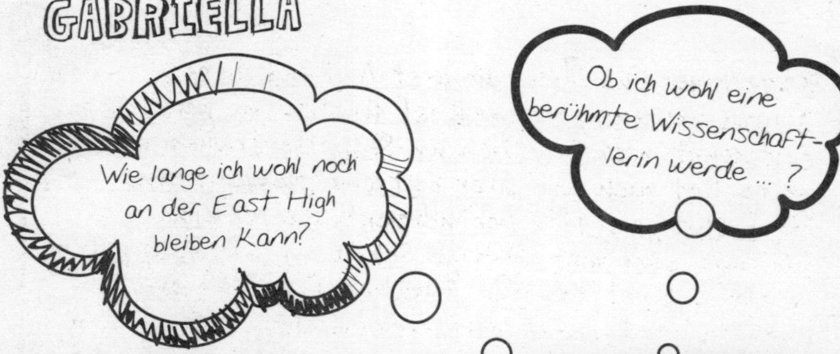

Gabriella hat sich sehr gut an der Schule eingelebt, aber ihre größte Sorge bleibt doch die, dass ihre Mutter und sie eines Tages wieder umziehen müssen. Gabriella wird überall im Leben ihren Platz behaupten, denn sie bleibt sich selbst treu und lässt sich von ihren wahren Gefühlen leiten. Ob als Wissenschaftlerin oder nicht – sie wird Erfolg haben!

VOM TRAUM ZUR WIRKLICHKEIT

Hier ein paar Tipps, wie Deine Träume wahr werden können:

1. **Finde Deine Stärken und Deine Schwächen heraus.**
2. **Glaub immer an Dich und Deine Möglichkeiten.**
3. **Widme Dich allen Zielen mit Begeisterung und Überzeugung.**
4. **Lass Dir keine Gelegenheit entgehen.**
5. **Keine Angst vor Misserfolgen – sie gehören dazu.**

VIEL GLÜCK!

TROY

Ob ich jemals für die L.A. Lakers spielen werde ...?

Kann ich wohl ein Sportstipendium an der Universität Albuquerque bekommen?

Troy hängt oft (vielleicht zu oft?) irgendwelchen Tagträumen über seine Zukunft nach. Er ist nicht sicher, ob Basketball wirklich seine Bestimmung ist – aber er ergreift ohne zu zögern jede neue Gelegenheit, die sich ihm bietet. Mit seiner Leidenschaft, Entschlossenheit und Begabung wird er es im Leben weit bringen.

SHARPAY

Wohin mich mein Bühnentalent wohl noch führen wird?

Ob ich einmal so berühmt sein werde wie Madonna ...?

Sharpay ist derartig von sich überzeugt, dass sie sich von nichts und niemandem an der Erfüllung ihrer Träume hindern lassen würde. Sie stürzt sich mit Begeisterung auf jede neue Herausforderung und lässt sich von kleinen Rückschlägen nicht beirren. Sie wird ohne Frage einmal auf einer berühmten Bühne stehen. Und Madonna? Wer weiß.

LEBE DEINEN TRAUM

Hast Du das Zeug dazu, Deine Träume Wirklichkeit werden zu lassen? Würdest Du Dich auf etwas ganz Neues einlassen, oder würdest Du die Chance Deines Lebens womöglich ungenutzt verstreichen lassen? Finde es im Test heraus.

1. Deine Musiklehrerin hört Dich auf dem Gang singen und sagt, Du solltest für den Schulchor vorsingen. Was tust Du?

a) ICH SAGE, ICH HABE AN DEN CHORABENDEN SCHON WAS ANDERES VOR.

b) ICH SAGE ZU, BEKOMME VOR DEM VORSINGEN ABER KALTE FÜSSE UND GEHE DANN DOCH NICHT HIN.

c) ICH SINGE VOR, OBWOHL ICH VORHER FURCHTBAR NERVÖS BIN.

2. Du sprichst für das Schultheaterstück vor, weil alle das machen. Aber als die Besetzungsliste ausgehängt wird, hast Du keine Rolle bekommen. Was tust Du?

a) ICH BEGNÜGE MICH ZÄHNEKNIRSCHEND MIT AUSHILFE BEIM MAKE-UP ODER DEM BÜHNENBAU.

b) ICH BEHAUPTE, ICH WOLLTE DIE ROLLE OHNEHIN GAR NICHT HABEN., UM MEINE ENTTÄUSCHUNG ZU ÜBERSPIELEN.

c) ICH SPRECHE MIT DER SCHAUSPIELLEHRERIN UND BITTE SIE UM EINE STATISTENROLLE, DAMIT ICH WENIGSTENS DABEI SEIN KANN.

3. Deine Großmutter strickt Dir zu Weihnachten eine süße Mütze. Aber Deine Freunde finden sie uncool. Was tust Du?

a) ICH TRAGE SIE – ABER NUR ZU HAUSE, WO MICH NIEMAND SIEHT.

b) ICH TRAGE SIE, UND ZWAR AUCH IN DER SCHULE. ICH SELBST MAG DIE MÜTZE, UND NUR DAS ZÄHLT!.

c) ICH SCHIEBE SIE IM SCHRANK GANZ NACH HINTEN UND ZIEHE SIE NIE WIEDER AN.

4. Eines der coolsten Mädchen der Schule lädt Dich auf ihre Party ein, aber ausgerechnet am großen Abend hast Du einen riesengroßen Pickel im Gesicht. Was tust Du?

a) ICH RUFE AN, BEHAUPTE, ICH HÄTTE DIE GRIPPE, UND SAGE AB.

b) ICH LEGE MASSENHAFT ABDECKSTIFT AUF, SITZE ABER DEN GANZEN ABEND STILL IN DER ECKE, WEIL ICH MICH SO UNATTRAKTIV FÜHLE.

c) ICH VERSUCHE, DEN PICKEL ZU VERGESSEN UND MICH TROTZDEM ZU AMÜSIEREN – PICKEL KRIEGT SCHLIESSLICH JEDER MAL!

5. Du bekommst einen hippen Ferienjob als Kellnerin, aber gleich am ersten Abend verschüttest Du versehentlich Suppe über einem Gast. Was tust Du?

a) ICH VERSUCHE ENTSCHLOSSEN, ES AM NÄCHSTEN TAG BESSER ZU MACHEN

b) ICH FRAGE DIE RESTAURANTLEITUNG, OB ICH STATTDESSEN NICHT IN DER KÜCHE AUSHELFEN KANN – KELLNERN IST OFFENBAR NICHTS FÜR MICH.

c) ICH LASS DEN JOB SAUSEN – SO VIEL STRESS IST ER DANN DOCH NICHT WERT, FINDE ICH.

6. Beim Schulball hast Du richtig viel Spaß – bis Dir klar wird, dass auf der Tanzfläche nur noch Du und Dein Schwarm übrig sind. Was tust Du?

a) ICH NUTZE DIE CHANCE, IHN ODER SIE NUN AUCH MAL ANZUSPRECHEN.

b) ICH BEHAUPTE, DASS ICH DEN SONG GERADE GAR NICHT LEIDEN KÖNNTE, UND VERZIEHE MICH SCHNELLSTMÖGLICH.

c) ICH VERSUCHE, EIN PAAR FREUNDE WIEDER MIT AUF DIE TANZFÄCHE ZU ZIEHEN, DAMIT WIR NICHT SO AUFFALLEN.

ERGEBNIS

1. a=0, b=1, c=2 2. a=1, b=0, c=2
3. a=1, b=2, c=0 4. a=0, b=1, c=2
5. a=2, b=1, c=0 6. a=2, b=0, c=1

DEINE PUNKTE:

0–4 SICHERHEITSBEDÜRFTIG
Aus Furcht, Dich vielleicht zu blamieren, lässt Du Dir jede Menge Gelegenheiten entgehen. Nimm doch ab und zu eine Herausforderung auch einmal an. Du wirst überrascht sein, wie sehr Dir das nachher gefällt!

5–8 ZIEMLICH KÜHN
Du bist ziemlich schüchtern und hast Angst davor, Dich lächerlich zu machen. Aber Du bemühst Dich, Dir davon nicht alle Chancen verderben zu lassen. Du gehst gelegentlich auch einmal ein Risiko ein. Manchmal zahlt sich das aus und manchmal nicht – aber Du hast es jedenfalls versucht!

9–12 RISIKOBEREIT
Du gehst mit großer Begeisterung in jeder neuen Herausforderung auf. Du schöpfst im Leben wirklich aus dem Vollen und bleibst Dir und Deinen Überzeugungen immer treu – egal, was die anderen tun und sagen. Bravo!

KRITZEL-CODE

Wieder einmal im Unterricht abgeschaltet und nur noch geistesabwesend vor Dich hin gemalt? Beim nächsten Mal findest Du mit diesem Code hier heraus, was Deine Kritzeleien in Wahrheit über Dich aussagen!

PUNKTEBILDER

Zeichnungen, die aus vielen einzelnen kleinen Punkten bestehen, zeigen, dass Du Dich sonst gut konzentrieren kannst.

SEGEL UND BOOTE

Ein gemaltes schnelles Motorboot bringt Deine Abenteuerlust zum Ausdruck. Ein friedliches Segelboot allerdings kann bedeuten, dass Du Dich einsam fühlst.

BÜCHERWURM

Ein aufgeschlagenes Buch heißt, Du bist neugierig und aufgeschlossen. Ein zugeklapptes Buch bedeutet, dass Du gut Geheimnisse für Dich behalten kannst.

MEERESBEWOHNER

Ein gezeichneter Fisch kann bedeuten, dass Du gerade versuchst, ein Problem zu lösen. Ein ganzer Schwarm Fische könnte heißen, dass Du Dich zu stark einmischst.

BEWÖLKTER HIMMEL

Kleine, weiche Wölkchen heißen oft, dass Du Ferien machen solltest. Bei Regenwolken machst Du Dir vielleicht zu viele Sorgen um die Zukunft.

EAST HIGH-PREISVERLEIHUNG

Jeder Schüler der East High zeichnet sich durch mindestens eine Eigenschaft besonders aus. Hier unsere inoffiziellen Preisträger.

Miss Freundlich

Gabriella Montez

Seit sie als schüchterne Neue ohne eigene Freunde an die East High kam, ist Gabriella weit gekommen. Sie hat sich die besten Freunde – und den coolsten Jungen – geschnappt, die die East High zu bieten hat!

Mr Entschlossen

Troy Bolton

Er beugt sich nie dem Gruppendruck oder eigenen Ängsten – sondern hat fürs Schulmusical vorgesungen, die Rolle bekommen und bewiesen, dass er mehr kann als nur Basketball!

Miss Modisch

Sharpay

Egal bei welcher Gelegenheit – Sharpay setzt ihr dramatisches Flair ein, um aus allem eine Modenschau zu machen, die sie selbst gewinnt. Sie kann einfach ohne perfekt passende Accessoires nicht aus dem Haus. Toll!

Miss Vielversprechend

Taylor McKessie

Glatter Einserdurchschnitt, Vorstand im Chemiclub, Sieg im akademischen Zehnkampf und eine betörende Selbstsicherheit – kein Zweifel, dieses Mädchen wird es noch sehr weit bringen!

Miss Mutig

Kelsi Nielson

Die hochbegabte Pianistin und Komponistin von „Twinkle Town" war so lange nur klein und still ... bis sie es dann am Ende sogar Sharpay ordentlich gezeigt hat – und das verlangt Mut!

TRAUMWÖRTERBUCH

Wolltest Du auch schon immer wissen, was Deine Träume bedeuten? Versuch's mal (gleich nach dem Aufwachen) mit dem Traumwörterbuch

Bühne
Wenn Du träumst, Du stündest auf der Bühne, bedeutet das, dass all Deine Mühe sich letztendlich auszahlen wird.

Fahrrad
Wenn Du träumst, Du fährst Rad, dann könnte das heißen, Du solltest in Deinem Leben ein besseres Gleichgewicht von Arbeit und Spaß finden.

Feuerwerk
Wenn Du von Feuerwerk träumst, dann stehst Du gern im Mittelpunkt der Aufmerksamkeit. Es bedeutet auch, dass Du mit Begeisterung hinter einem Vorhaben stehst.

Gras
Wenn Du träumst, Du liegst im saftig grünen Gras, dann geht es Dir gut und Du bist zufrieden mit dem, wer und was Du bist.

Haare
Wenn Du träumst, Du hättest blonde Haare, bist Du eine treue Freundin oder ein treuer Freund. Rote Haare zeigen eine Veränderung in Deinem Leben an, und ein Traum von braunen Haaren bedeutet Loyalität.

Insel
Wenn Du träumst, Du wärst allein auf einer Insel, kannst Du ein Problem wahrscheinlich besser lösen, wenn Du eine Zeitlang allein bleibst.

Jung
Wenn Du träumst, Du wärst viel jünger als Du in Wirklichkeit bist, dann versuchst Du im Traum vielleicht, eine verpasste Chance nachzuholen.

Kamera

Wenn Du träumst, Du filmst etwas mit laufender Kamera, dann könnte das heißen, Du solltest Dich auf etwas konzentrieren, ohne dass äußere Einflüsse Dein Urteilsvermögen trüben.

Menschenmenge

Wenn Du Dich als Teil einer großen Menschenmenge träumst, dann brauchst Du mehr Raum zur eigenen Entfaltung. Hör auf, anderen hinterherzulaufen und mach was eigenes!

Musik

Wenn in Deinen Träumen viel Musik vorkommt, dann könnte es sein, dass Du Deine wahren Gefühle öfter zeigen solltest.

Nachsitzen

Wenn Du träumst, Du musst nachsitzen, dann könnte das heißen, dass Du Dich wegen etwas schuldig fühlst.

Nackt

Wenn Du träumst, Du stündest nackt in der Öffentlichkeit, dann hast Du vielleicht Angst davor, so erkannt zu werden, wie Du wirklich bist.

Natur

Wenn Du von der freien Natur träumst, dann ist das typisch für Freiheit und innere Ruhe.

Party

Wenn Du träumst, Du gingst auf eine Party, könnte das heißen, Du solltest öfter ausgehen und Dich amüsieren.

Prüfung

Wenn Du von einer Prüfung träumst, heißt das, Du glaubst, Du müsstest jemandem Deine Fähigkeiten, Loyalität oder Aufrichtigkeit beweisen.

Reissverschluss

Wenn Du von einem gut funktionierenden Reißverschluss träumst, dann hast Du ein paar innere Schwierigkeiten möglicherweise bald hinter Dir.

Röntgenuntersuchung

Wenn Du Dich in Deinem Traum röntgen lassen musst, könnte das darauf hinweisen, dass Du befürchtest, jemand könnte hinter eine Lüge kommen.

Rosen

Wenn Du von roten Rosen träumst, dann stehen Liebe, Leidenschaft und Romantik auf dem Programm!

Schmuck

Wenn Du von massenhaft Schmuck träumst, weist das auf innere Stärke und Selbstvertrauen hin.

Singen

Wenn Du in Deinem Traum singst oder andere singen, dann kann das für Freude und Harmonie stehen.

Spät dran

Wenn Du träumst, dass Du zu spät kommst, könnte das heißen, Du hast Angst davor, eine Gelegenheit beim Schopf zu packen.

Test

Wenn Du träumst, Du würdest bei einem Test schlecht abschneiden, könnte das heißen, Deine Versagensangst hält Dich davon ab, bei einer Herausforderung alles zu geben.

Uniform

Wenn Du träumst, Du trägst eine Uniform, könnte das für ein Bedürfnis stehen, sich etwas von der großen Menge oder der Mehrheit zu entfernen.

Überall, wo es gute Bücher gibt:

ISBN: 978-1-4075-0717-0

ISBN: 978-1-4075-0459-9

je nur € 4,99

ISBN: 978-1-4075-3888-4

Disney

High School Musical

Neues von der East High 5

New York, New York

Text von N. B. Grace

Nach dem Film *High School Musical*
Drehbuch von Peter Barsocchini

Parragon
Bath New York Singapore Hong Kong Cologne Delhi Melbourne

Die deutsche Ausgabe erscheint bei
Parragon Books Ltd
Queen Street House
4 Queen Street
Bath BA1 1HE, UK

Produktion der deutschen Ausgabe: trans texas publishing, Köln
Übersetzung aus dem Englischen: Susanne Lück
Redaktion und Satz: lückenlos, Köln

ISBN: 978-1-4075-5991-9
Printed in China